www.mayabook.co.kr

www.mayabook.co.kr

www.mayabook.co.kr

동칠,
이제 정착기

동칠, 이계정착기 ❶

지은이 | 가이하
펴낸이 | 권순남
펴낸곳 | (주)마야 · 마루출판사

등록 | 2008. 1. 7(제310-2008-00001호)

초판 인쇄 | 2008. 7. 15
초판 발행 | 2008. 7. 20

주소 | 서울시 노원구 상계 1동 1049-25 신영산업 BD 602호
대표전화 | 02-2091-0291
팩스 | 02-2091-0290
이메일 | marubooks@hanmail.net

ISBN | 978-89-5974-613-2(세트) / 978-89-5974-614-9
정가 | 8,000원

잘못된 책은 교환하여 드립니다.
저자와 협의하여 인지를 붙이지 않습니다.

동칠, 이계 정착기

1

가이하 퓨전 판타지 장편소설
MAYA&MARU FUSION FANTASY STORY

마루&마야

목차

Prologue …007

제1장. 동칠, 떨치고 일어서다! …015

제2장. 대단한 결심 …045

제3장. 꾸뤼릭을 사냥하다 …077

제4장. 주군으로 인정받다 …113

제5장. 삼식이 …153

제6장. 2개의 반점 …185

제7장. 거물 …223

제8장. 오크와의 협상 …261

제9장. 다시 만난 삼식이 …293

외전-그 남자의 사정 …313

베텔스만 행성.

과거 주신이 지구에 행하신 대로, 베텔스만의 상공에 두둥실 떠 있는 구름 위에 앉은 이 두 신들 또한 이 아래 만물을 창조했다.

그중 유독 한 신의 얼굴엔 시름이 가득했다.

"나는 그 맛을 우리가 창조한 세상에도 전해주고 싶다네."

말을 꺼내게 된 동기는 간단했다.

그는 주신이 창조한 지구에서 유희를 했었는데, 그곳에서 맛본 자장면을 잊을 수가 없었다.

신 된 입장에서 어찌 자신의 창조물들에게 좋은 것을 주고 싶지 않으랴.

맡은바 소임이 바빠 함께 유희를 하지 못한 옆의 신은 자연히 호기심을 내보였다.

"대체 어떤 맛이기에 그러나?"

"백문이 불여일견이니 한번 가보세. 자네도 맛을 보면 내 마음을 알게 될 걸세."

※ ※ ※

7월 10일.

밤늦게 찾아온 2명의 손님. 오늘 영업은 끝난 상황이지만 동칠은 그들을 받아주기로 했다.

사장과 주방장까지 퇴근한 마당이라 철가방 삼식이 카운터를 대신 보았으며, 주방 보조였던 동칠이 앞치마를 두르고 콧노래를 흥얼거리며 주방으로 향했다.

주방 보조에 불과하지만 동칠은 요리에 대해 일가견이 있었다.

적어도 그는 음식의 맛을 내는 데 있어서만큼은 이 식당, 와룡반점의 주방장보다 낫다고 여겨 왔다.

푸스슥, 파삭. 탁탁탁탁.

양파를 까고 다듬고 잘게 써는 손놀림이 예사롭지 않다.

일을 마친 오른손은 어느새 요리용 라이터를 잡고 화로에 불을 피우고 있었다.

후우우욱!

2개의 화로에서 센 불이 솟구치기 무섭게 면발이 뜨거운 물에 데쳐졌고, 재료를 담은 냄비가 얹어졌다.

동칠이 냄비를 적당히 흔들며 손목에 스냅을 주자 그 안에 담긴 재료들이 허공으로 부유하며 뒤집혀졌다.

그러기를 몇 차례. 자장 양념은 충분히 섞어지며 데워졌고, 동칠은 숙련된 손놀림으로 찬물에 빤 면발을 2개의 그릇에 알맞은 양으로 나누어 담고 검게 변한 양념을 그 위에 부었다. 물론 잘게 썬 오이채를 뿌리는 서비스도 잊지 않았다.

그렇게 해서 두 그릇의 자장면이 손님들에게 건네졌다.

"맛있게 드십시오."

입가에 흐뭇한 미소를 지으며 동칠은 몸을 돌렸다.

그때, 카운터에서 턱을 괴고 두 사람이 식사하는 광경을 시큰둥하게 보던 삼식이 이상한 소리를 늘어놓기 시작했다.

"에이, 그거 비벼야지요. 그냥 먹는 사람은 또 처음 봤네."

평생 자장면 한 그릇 못 먹어본 사람이 몇이나 될까?

의아해진 동칠이 고개를 돌렸더니 삼식의 말대로다.

어리둥절해하는 두 사람을 보다 못한 동칠이 넓은 오지랖을 발휘, 면발에 양념이 고루 묻게 휘적휘적 저어주었다.

그제야 두 사람의 식사가 시작되었는데, 둘은 자장면을 게 눈 감추듯 먹어치웠다.

여태 동칠이 봐왔던 어떤 사람들보다 빠른 속도였다.

"브라카타라 기어터 라미넬파아스구."

"히롤라니 그아스."

동칠은 순간 귀를 의심했다.

외모는 분명 한국 사람이건만 그들은 전혀 못 알아들을 말로 대화를 하고 있었던 것이다.

계산할 때 꽤 고역이겠구나 생각하고 있는데, 그중 한 사람이 일어나며 유창한 한국말로 난감해하는 동칠에게 물었다.

"얼마입니까?"

"팔천 원입니다."

이어 남자의 주머니에서 만 원짜리 한 장이 꺼내졌다.

"잔돈은 됐어요."

그렇게 두 사람은 와룡반점을 나가버렸다.

동칠은 꼭 귀신에게 홀린 듯한 기분을 어렵게 떨치며 뒤늦게나마 비어버린 자장면 그릇들을 치우기 시작했다.

모든 뒷정리까지 마치고 동칠과 삼식이 와룡반점 안의 숙소로 들어가 자는 데까지 걸린 시간은 그로부터 한 시간을 넘지 않았다.

오늘은 일이 많지 않아 그리 고단한 하루가 아니었음에도 불구하고 이상하게도 두 사람은 심한 피로감에 휩싸여 곯아떨어졌다.

자연히 문밖에서 서성거리는 2명의 인영에 대해 알 리 없었다.

번화가는 아니었지만 이곳은 유동 인구가 많은 편에 속해서 10시가 넘은 이 시각까지 사람이 끊이지를 않았다.

한 인영은 그것을 걱정하고 있었다.

"다른 행성들이 빛을 내는 밤인데도 아직 사람들이 다니는군."

"이 세계에서는 그리 늦은 시각이 아니니까."

불이 꺼진 와룡반점의 문밖에서 괴이한 내용의 대화를 나누는 이들은 공교롭게도 오늘 동칠이 마지막 맞았던 손님들이었다.

그러나 이들은 오래 이곳에 머무를 생각은 없는 듯 보였다.

"더 기다릴 것 없이 지금 시작하지. 내가 시간을 멈출 테니 자네가 손을 쓰게."

"그럴까?"

선수 쳐서 말을 꺼낸 자가 질끈 감았던 눈을 뜨자, 기이한 현상이 벌어졌다.

근처를 지나치며 닭살 행각을 펼치던 남녀는 물론이요, 생선 뼈다귀를 발견하고 쓰레기봉투를 열심히 물어뜯던 고양이까지 멈춰버린 것이다.

이에 만족스러운 미소를 머금던 남자가 가볍게 손을 내저었다.

 그러자 놀랍게도 멀쩡했던 공간이 일그러지기 시작했다.

 이쪽은 아스팔트 도로와 콘크리트 건물들이었던데 반해 일그러진 공간의 안쪽은 꼭 전원 풍경이었다.

 둘은 건물 뒤쪽으로 돌아가 와룡반점을 일그러진 공간 안쪽으로 밀기 시작했다.

 그러다 문득, 왼쪽의 남자가 오른쪽의 남자에게 걱정 담긴 목소리로 물었다.

 "주신께 혼나지는 않겠지?"

 "고작 이거 하나 가져간다고 크게 나무라지는 않으실 거라고 보네."

 그렇게 와룡반점은 일말의 양심의 가책조차 느끼지 못하는 두 존재에 의해 다른 공간으로 차츰 옮겨지고 있었다.

"주군께서는 우리를 자장면 한 그릇에 팔아넘기셨다!"

판테스의 배신감에 사무친 목소리가 그렇잖아도 심란한 동칠의 속을 해까닥 뒤집어놓았다.

그에 오늘부로 이놈들을 소유하게 된 동칠이 인상을 와락 썼지만, 그런다고 나아지는 건 없었다.

아직 동칠에 대한 충성심이 자리하지 않아서일까? 와룡반점 내에는 자칭 기사라는 것들의 격양된 목소리들만이 오갈 뿐이었다.

짐짓 인상을 찌푸리면서 동칠은 요 며칠 간의 일을 회상했다.

문제의 발단은 정확히 그 이상한 손님 둘이 찾아온 다음

날부터였다.

7월 11일.

잠에서 깬 동칠이 눈을 뜨고 현관 밖으로 나갔을 때는 와룡반점과 이 터만 제외한 모두가 기억하던 것과는 판이해져 있었다.

아스팔트와 보도블록, 주위의 빌딩과 건물들은 종적을 감춰버렸고 으레 그런 것들이 있어야 할 자리는 풀과 나무, 그리고 흙과 자갈들이 대신했다.

삼식과 배달용 오토바이도 보이지 않았다.

불행하게도 이 외딴 산 중턱에 자신과 와룡반점만 남겨진 것이다.

이 기가 막힌 사실을 믿을 수 없어 동칠은 눈이 퉁퉁 붓도록 비비고 다시 살피는 행동을 반복했지만, 눈앞의 정경은 조금도 달라지지 않았다.

"하하하, 꿈이구나. 그래, 다시 자자. 자고 나면 달라져 있겠지."

보통 악몽을 꾸면 사람들은 다시 잠을 청한다.

동칠 또한 그럴 것을 예상하고 숙소로 돌아가 반듯하게 누워 차분하게 눈을 감았다.

수년째 와룡반점에서 일을 하고 있는 그인지라 낮잠은 익숙지 않았지만, 각고의 노력을 기울인 끝에 다시 잠 속으로 빠질 수 있었다.

"흐아아암."

늘어지게 기지개를 켠 후, 동칠은 시계를 보았다.

시침은 10시를 가리키고 있었다.

"어이쿠!"

사장이 왔을 걸 염려하며 후다닥 나가보았지만, 아무런 인기척이 없었다.

슬그머니 현관 쪽으로 다가가니 심장이 세차게 뛴다.

아까의 악몽이 재현될까 두려운 것이다.

벌컥!

아까도 보았다며 문 앞의 아름드리나무에 무성하게 달린 잎사귀들이 반갑다고 손짓한다.

하지만 동칠은 차마 그 마음을 받아주지 못하고 황급히 문을 닫았다.

"어, 어떻게 된 거지?"

혼란을 넘어선 혼돈이 소용돌이 안으로 동칠을 끌어들인다.

무서운 기분을 떨치지 못하고, 동칠은 이 저주받은 악몽에서 깨어나고자 재차 숙소로 돌아갔다.

❋ ❋ ❋

7월 14일.

그 미련한 행동은 무려 3일이나 반복되었다.

끼니조차 거른 채 잠만 잤기에 동칠의 얼굴은 눈에 띄게 수척해졌다.

더 굶었다가는 꼭 죽게 될 것 같았던지 허기를 이기지 못하고 동칠은 울면서 음식에 입을 댔다.

정체 모를 곳에 떨어졌어도 다행히 와룡반점이 있어 당장 먹고 자고 활동하는 것에는 커다란 지장이 없었다.

불편한 점이라고는 전기가 들어오지 않는다는 것 정도랄까?

수도는 물론 냉장고도 돌아가지 않는 상황이라, 동칠은 난처해졌다.

이대로라면 음식도 쉬어서 못 쓰게 될 것이요, 갈증에 못 이겨 죽게 될 수도 있다.

살고자 동칠은 땅을 팠다.

일단 냉장고 안의 음식을 서늘한 곳에라도 묻어둬야 했기 때문이다.

하늘이 도운 것인지 근처에는 맑은 샘물도 있었다.

이제 물이 필요하면 길어다 쓰면 될 것이고, 배가 고프면 재료들을 꺼내와 음식을 만들어 먹으면 된다.

하지만 현실에 안주할 수는 없었다. 언젠가는 저 많은 음식들도 동이 날 테니까.

동칠은 믿지도 않는 신에게 무릎을 꿇고 간절히 기도했다.

이 수수께끼 같은 상황을 풀 수 있도록 제발 사람이라도 만나게 해달라고, 그렇지 않고서는 미쳐 죽을 것 같다고 말이다.

그 덕분일까? 사람이 찾아오기는 했다.

그러나 이국적인 용모를 보니 영락없는 외국인이었다.

동칠은 통하지 않을지도 모르는데도 불구하고 즉각 대화를 시도했다.

"어디서 오셨어요?"

"……."

"한국말 모르세요?"

"……."

"어… 웨어 아유 프롬?"

"……."

지푸라기라도 잡겠다는 심정으로 짧은 영어로까지 들이대 보았지만 결과는 마찬가지!

영어권 손님도 아닌 모양이다.

자세히 보니 꼭 중세 유럽을 그린 영화에서나 볼 법한 복장을 하고 있었다.

동칠은 닷새 가까이 자란 뻣뻣한 수염을 매만지며 미간을 찌푸렸다.

대화도 통하지 않는 손님을 앉혀 두고 실마리라도 잡아보겠다고 그 나름대로의 추측을 하는 것이다.

'도대체 이 녀석이 어디서 굴러들어온 걸까? 하늘에서 뚝 떨어진 건 아닐 테고, 땅에서 솟아난 것도 아닐 텐데……. 가만, 혹시 이 근방에 사람이 사는 마을이 있나?'

여기까지는 누구나 할 수 있는 생각의 범위다.

하지만 그의 주위를 돌며 차근차근 살피자 동칠은 더 그럴듯한 추리를 펼칠 수 있었다.

'옷과 얼굴에 먼지가 많이 묻은 걸 보면 어딘가에서 한바탕 굴렀나 본데……. 게다가 이 녀석 옷에서 땀 냄새가 솔솔 풍겨 온다. 허리춤에 차고 있는 저건 장식용 겁인가? 아니지, 영화배우일 수도 있잖아.'

추측은 한 곳으로 쏠려 가고 있었다.

그를 영화배우로 본다면 여러 정황들이 맞아떨어진다.

그 말은 근처 어딘가 영화 촬영 장소가 있을 수 있다는 소리가 아닌가!

어쩌면 이곳에서 헤어날 수도 있겠다 싶었는지 동칠의 얼굴엔 오랜만에 화색이 돌았다.

바로 그때였다.

꼬르륵.

코쟁이 손님의 배 속에서 울린 공허한 메아리!

길게 생각할 것 없이 동칠은 당장 주방으로 달려가 자장면 한 그릇을 뚝딱 만들어 내왔다.

도움이 될 사람 같으니 일단은 대접하고 보자는 심산이었다.

꽤나 출출했는지 이방인 손님은 콧구멍을 벌름거리더니 자장면이 담긴 그릇을 들고 그대로 입 안에 들이부으려 했다.

 그에 동칠이 재빨리 그릇을 뺏어서는 양념이 면발에 고루 묻게 비벼 주고는 손수 젓가락까지 들고 먹는 시늉을 해 보였다.

 그러자 이방인은 수긍한다는 듯 고개를 끄덕이더니, 어설프게나마 동칠이 해 보였던 시범대로 자장면을 입에 넣기 시작했다.

 그렇게 딱 한 젓가락 양의 면발을 후루룩 입에 넣어본 이방인은 그 자리에서 돌처럼 굳어버렸다.

 곧이어 눈물이 그의 뺨을 타고 길게 흘러내렸다.

 자장면 한 입 먹어보고 우는 이방인을 동칠은 당연히 이해할 수 없었다.

 음식에 못 먹을 걸 넣은 것도 아니요, 무슨 장난을 쳐 놓은 것도 아니었다.

 그런데 저토록 이상한 반응을 보이니 슬그머니 화까지 났다.

 이건 요리를 하는 자의 자존심 문제인 것이다.

 동칠이 확 그릇을 빼앗아버릴까 고민하고 있던 찰나에 이방인의 젓가락을 든 손이 빨라지기 시작했다.

 그리고 그 입은 블랙홀이라도 되는지, 엄청 많은 무수한 면발이 그 안으로 빨려 들어가고 있었다.

동칠, 떨치고 일어서다! • 23

입가가 새까맣게 변해가는 것도 모르고 이방인은 모든 면발을 다 해치우더니 양념까지 훌훌 마셔 버렸다.

 그러고도 모자랐는지 혓바닥으로 그릇을 핥아가며 설거지까지 하고 있다.

 그 광경을 보던 동칠은 어이가 없어 피식 웃고 말았다.

 이방인은 자장면이 담겼던 그릇이 원래의 색으로 돌아간 뒤에야 길게 빼어졌던 혓바닥을 입 안으로 말아 넣고서 무안함을 느꼈던지 헛기침을 했다.

 "큼, 크흠."

 아직 입가가 더러운 건 모르는 모양이다.

 동칠이 수화로나마 그것을 지적해주려는데, 이방인은 눈을 빛내며 퍼뜩 자리에서 일어나더니 그대로 중국집을 빠져나갔다.

 그리고 동칠은 그 뒤를 안 쫓을 수가 없었다.

 "야, 인마! 거기 서!"

 돈을 받을 생각은 없었다. 원래의 목적이 그게 아니었기 때문이다.

 그는 이 미스터리한 상황에 처한 데 대한 해답을 얻고자 했고, 도시와 동떨어진 이곳에서 탈출하고 싶었을 뿐이다.

 그 해결책을 제시해주어야 할 놈이 음식만 처먹고 도망쳐 버리니 도저히 용납이 될 수가 없는 것이다.

 중국집에 취직한 이래, 돈 안 내고 도망치는 놈들깨나 잡아

봤다는 동칠이다.

하지만 아무리 악을 바락바락 쓰며 쫓아도 놈과의 거리는 현격하게 멀어져 갔다.

저 이방인은 괴이하게도 산비탈을 들짐승처럼 내달렸고, 더 쫓는 건 동칠에겐 무리였다.

젖 먹던 힘을 다했지만 동칠은 다리가 꼬여 버려 우뚝 솟은 나무들 사이를 데구르르 구르고 말았다.

운이 좋았는지 다행히 얕은 찰과상뿐이었다.

"으아아아!!"

아픔 대신 분노로 얼룩진 동칠의 음성이 하늘에 공허하게 메아리치고 있었다.

※ ※ ※

7월 15일.

원래의 세상으로 돌아가지 못해 악밖에 남지 않은 동칠이었다.

그런데 어제 도망쳤던 이방인은 무슨 낯인지 4명을 더 데리고 왔다.

눈을 번뜩이며 동칠은 몽둥이부터 찾았다.

바로 그때, 서글서글한 눈매를 지닌 중년인이 그에게 무언가를 내밀었다.

얼떨결에 그걸 받아들자 중년인은 목에 걸라는 시늉을 해 보였다.

속는 셈치고 동칠이 그것을 목에 걸었을 땐, 괴이한 변화가 있었다.

"내 말을 알아들을 수 있겠나?"

알아들을 수 있었다.

동칠의 귀에 섬세하고 똑똑하게 그의 말소리가 한국어로 전해지고 있는 것이다.

그는 어쩌면 이 악몽 같은 상황에서 헤어날 수 있을지도 모른다는 희망에 물들었다. 그래서 고개를 끄덕이며 굵직한 눈물을 흘렸다.

"내 기사가 당신에게 굉장한 걸 얻어먹었다고 들었네. 그 음식을 나한테도 맛보여 줄 수 있는가?"

"자장면이요? 그야 물론이지요. 잠시만 기다리세요."

대접이 우선이었다.

동칠은 혼신의 노력을 기울여 자장면을 만드는 데 각별히 힘을 쏟았고, 그렇게 만들어진 자장면은 곧 중년인에게 대령되었다.

물론 동칠은 자장면을 비벼 주고 젓가락 사용법까지 알려 주었다.

곧이어 중년인은 향을 느끼더니 탄복했다는 듯 중얼거렸다.

"으음… 굉장하군. 맛보지 않아도 느낄 수 있어. 사실 나는 미식가라네. 맛있는 음식만 있다면 세상 저 끝까지 갈 용의가 있는 사람이지."

동칠은 그저 흐뭇하게 웃었다. 그리고 그가 맛있게 먹어주기를 바랐다.

결과는 대성공이었다.

중년인은 일찌감치 비어버린 그릇을 핥고, 또 핥고, 또 핥았다.

체면도 잊어버린 그 행동은 뒤편에 목석처럼 서 있던 자들의 눈총을 느껴서야 그만두었다.

"크, 크흐음."

동칠은 이때라고 생각하고 그에게 말을 꺼냈다.

"대체 저희 동네에 무슨 일이 일어난 겁니까?"

대화에 다른 사람들이 있어서는 안 되었을까? 중년인은 뒤편의 자들을 물리고는 차분히 대화에 임했다.

"동네? 무슨 소리를 하는 건가?"

"안국동 말입니다."

"안… 쿡… 동?"

도통 못 알아듣겠다는 투다.

하기야 무리도 아니었다.

모두 외국인인데 이 동네 사정을 물으면 어찌 알까?

동칠은 작금의 상황을 캐묻는 대신 그의 사정부터 알고자 했다. 그러다 보면 자연히 자신의 현 상황과 맞물리는 부분을 집어낼 수 있을 것이라 여겼다.

"손님들은 영화배우지요?"

"영화배우? 자네는 통 못 알아들을 소리만 하는군. 나는 아크만 남작이라고 하네. 그리고 뒤에 있던 자들은 충실한 나의 기사들이지."

가방끈도 짧고, 흔하디흔한 판타지 소설 한 권 읽어보지 않은 동칠에게 남작이나 기사라는 호칭은 생소한 것이었다.

그 덕분에 동칠은 여러 가지를 물어야 했다.

다행히 아크만은 그리 격식을 따지는 편이 아니어서 동칠의 질문에 비교적 세세하게 답해주었다.

자신이 어떤 사람이고, 왜 이곳에 있는지까지.

이야기에 따르자면 아크만 남작은 레이크 소왕국의 몰락한 귀족이라고 했다.

그리고 불행하게도 레이크 소왕국을 둘러싸고 있던 숲 전체가 화재로 타버리는 바람에 그의 왕국은 전소되었다고 한다.

몇 되지도 않던 식솔마저 잃고 피난 가듯 그렇게 떠나온 게 벌써 5년 전 일이라나……

동칠은 몇 마디 묻지도 않았는데 아크만의 말은 계속해서 이어지고 있었다.

"지금 난 크루거 제국으로 향하고 있다네. 그래도 한때는 귀족이었다고 다른 일은 영 맞질 않아서 말일세. 제국에선 실력에 따라 인재를 등용한다고 하였으니, 어쩌면 그곳에 내 길이 있지 않을까 싶네."

도무지 영문을 모를 이상한 얘기들만 늘어놓고 있다.

순간, 동칠은 자신의 어리석음을 깨우쳤다. 세상 사람 모두 공감하고 알 만한 그런 질문을 했어야 했다.

"혹시 여기는 지구가 아닙니까?"

뒤늦게나마 던진 질문에 아크만은 어리둥절한 표정을 지어 보였다.

"지구? 그건 뭐지?"

"행성 이름 말입니다."

"여긴 베텔스만 행성인데."

동칠은 더 알려 들지 않았다. 실낱같은 희망마저 무너질 걸 염려해서다.

그러나 아크만은 그런 동칠의 속마음도 모른 채 현실을 일깨워주려 부단히도 노력했다.

"참 이상한 일이로군. 그러고 보니 자네는 이곳 사람 같지가 않아. '대륙의 불가사의'란 서적에 보면 행성 여행자에 관한 에피소드가 나와 있지. 아트모스력 557년, 파르집머 대신관은……."

마치 책 내용을 줄줄 외우고 있다는 듯이 읊어대는 아크만의 말을 듣던 동칠이 불쑥 질문을 던졌다.

"아트모스력은 뭡니까?"

"슈발트켄 아트모스. 이 세계를 창조하고 관할하는 신 중 한

분일세. 시간을 관장하는 분이니만큼 대륙의 연혁은 그분의 이름을 따라가지."

차라리 그걸로 끝내야 했다.

세계를 창조한 신의 이름이 하느님이 아니라는 것만으로 동칠은 좌절했는데, 아크만은 길게도 붙들고 늘어졌다.

"이 사람, 행성 여행자라면 사실을 받아들이고 적응할 준비를 하게. 아까도 언급했듯이 대륙력 557년과 721년의 그 행성 여행자도 열심히 적응을 해서 무탈한 삶을 살았지. 어떤가? 자네가 있던 그곳과의 차이점을 우리 함께 탐구해보세. 여기는 한 달에 한 번씩 첫날밤의 여편네 볼처럼 붉은 달이 뜬다네. 가만있자, 적월이 내일이던가?"

동칠은 붉은 달을 본 적이 없었다.

아니, 자신 모르게 지구에 붉은 달이 뜬다고 해도 적어도 주기적으로 떠오르지는 않는다.

"그만, 그만!"

더 듣기 싫은 나머지 동칠은 귀를 틀어막고 몸부림을 쳤다.

아트만이 동칠에게 미운 털이 박힌 건, 꼬집어보자면 이때부터였다.

동칠은 그가 전혀 도움이 안 될 사람이라는 것에 낙담했다. 남작의 사정이야 알 바 아니었던 것이다.

진실로 동칠은 아무것도 하기 싫었다. 패닉 상태에 빠져 만사가 귀찮을 뿐.

그런 동칠에게 있어서 이곳에 들러붙어 삼시 세끼 자장면을 주문하는 납작은 귀찮고 성가신 존재일 뿐이었다.

해서, 동칠은 그를 박대하기로 했다. 눈엣가시나 다름없는 놈을 내쫓으려 한 것이다.

그 수단으로 재료가 없다는 핑계를 들어 자장면 값을 올려 받기 시작했다.

떠났어야 정상이거늘, 여유 자금도 넉넉지 못했던 아트만은 자장면 맛에서 헤어나질 못하고 수중에 가진 장신구들까지 팔아넘겼다.

그 와중에 처음 통역을 위해 넘겼던 펜던트, 즉 트랜슬레이터도 빌려 준 것이었다는 표현을 들어 그조차 자장면 값으로 지불되었다.

사실 동칠도 이 세상에서 살려면 통역기는 꼭 필요했기에, 꽤 고가라는 얘기에도 마다치 않고 식사를 제공했다.

치졸하긴 했으되 아트만의 심성은 실로 유약하기 그지없었다.

동칠에게 호되게 당해 빈털터리가 되어서도 불평 한마디를 못했으니까.

이틀이나 자장면을 입에 대지 못한 아트만은 유혹을 이기지 못하고 결국 금단의 선을 넘게 된다.

"더 팔 것이 있네."

"뭔데요?"

그를 보필하는 기사들이 없는 자리에서의 물밑 협상!

양심의 가책을 느끼는지 아트만은 고개를 푹 숙인 채 어렵게 입을 뗐다.

"내 기사들을 자네에게 주겠네."

원래 있어서는 안 될 일이었다.

아무리 저들이 가신 기사들이라고 하나, 노예가 아닌 이상 타인에게 양도는 불가능하다. 상식적으로 이뤄져서는 안 될 거래라는 얘기다.

그럼에도 아트만은 이런저런 논리를 들고 나와 동칠을 꼬드겼다.

"나는 저들의 주군이었네. 충성 맹세를 한 기사들은 내 일부와 다름이 없다는 말이지. 물론 자장면 값이 비싸다고 해도 내가 거느린 기사 넷에 비할 바는 못 될 걸세. 이러면 어떻겠나? 저들을 당분간 보증금이라고 생각해주게. 내 입신하면 반드시 돈을 돌려주기 위해 돌아오겠네."

말인즉슨 기사들을 담보로 맡겨 두고 자장면을 얻어먹겠다는 이야기다.

돌이켜 보면 기사들은 동칠에게 남작처럼 성가신 대상이 아니었다.

그들은 자신들의 끼니를 스스로 때웠으며, 동칠에게 무언가를 요구하지도 않았다.

때문에 동칠은 그 제안을 수락했다.

지금의 결정에는 무엇보다 아트만을 내쫓겠다는 일념이 우선시됐다. 남은 놈들을 쫓든가 부리든가는 차후에 생각해볼 일인 것이다.
 아크만과의 거래는 그렇게 이루어졌다.

 동칠은 아직까지 마지막에 자장면 곱빼기 한 그릇을 해치우고 야반도주를 하던 아크만의 뒷모습을 기억한다.
 아크만이 친필로 작성한 계약서는 확실히 효과가 있었다.
 지금도 악만 바락바락 써대는 이 기사라는 것들은 그걸 보는 즉시 통렬한 울음을 터트렸고, 억울함을 호소했다.
 하지만 기사들 모두가 아크만을 싸잡아 비난하지는 않았다.
 충성심이 몸에 너무 가득 배인 탓인지, 아니면 오래 모시고 살아온 정 때문인지 분명 그를 두둔하는 기사도 있었다.
 "그래도 우리의 주군이셨습니다. 이 자리에 계시지 않는다고 해서 너무 폄훼하시지는 않으셨으면 합니다."
 "하만, 그 사람은 이제 우리 주군이 아니다. 저 계약서를 보고도 그런 말이 나오는 거냐?"
 왼쪽 눈 아래 흉터가 있는 기사의 외침이 아크만을 옹호하던 하만이란 기사의 속을 뒤집어버렸다.
 "그 사람? 보덴, 네가 지금 뭔 소리를 지껄이고 있는 거냐?"

역시나 계속해서 언성이 가라앉지 않는 이유는 바로 아크만 남작의 편을 드는 저 하만 때문이다.

해도 떨어지고 있는 시각이라, 동칠은 이를 정리할 필요성이 있었다.

"밖에서 재워."

손짓은 하만이라 불리는 기사를 가리켰으나 명령은 저들의 선임 기사인 판테스를 향하고 있다.

그 때문인지 동칠에게 기사들의 야멸친 눈총들이 쏟아졌다. 기사들 전부가 그를 아직 자신들의 주군으로 인정하고 있질 않다는 얘기이리라.

이에 동칠은 모두가 볼 수 있도록 슬그머니 계약서를 들고 펄럭거렸다.

그러자 어금니를 깨무는 것으로 분을 누그러뜨리며 판테스는 하만을 향해 나직이 말했다.

"하만, 나가라."

"싫습니다."

의외의 거절이었던지 판테스도 난처한 기색이다. 군대로 치면 명령 불복종과 같은 것이니, 어찌 당황하지 않을 수 있을까?

그를 대신해 제일 어려 보이는 군상 하나가 하만에게 버럭 소리를 쳤다.

"하만 님, 우리끼리의 맹약도 깰 작정이십니까?"

이에 하만은 제 성질을 못 이겨 고래고래 소리를 질러댔고, 그로 인해 내부는 또 한 차례 떠들썩해졌다.

동칠은 더 참을 수가 없었다.

"나가라면 나가지, 뭔 말이 많아!"

지금의 목소리는 과거 삼식에게 했던 '너 형한테 대드는 거냐?'라는 외침과 맞먹을 정도의 크기였다.

와룡반점의 쥐새끼 한 마리까지도 예의 주시할 정도의 소리라 실내는 쥐죽은 듯 고요해졌다.

짜증이 최대치에 이른 동칠이다.

사실 그는 얼결에 떠맡게 된 여기 있는 모든 녀석들이 마음에 들지 않았다. 그런 놈들이 제집 안방인 양 떠들어대고 있으니 그로서는 차마 성질을 고를 여유가 없었던 것이다.

각자 검을 찬 기사들에게 동칠이 이렇듯 큰 소리를 칠 수 있었던 이유는 그간 이들의 행태가 한심하기 짝이 없었기 때문이다.

하만에게 판테스는 그 눈빛에 엄중한 위협을 실어 보냈다.

또 그건 거절할 수가 없었는지 하만은 성질을 억누르지 못한 채 쾅쾅 발을 구르며 밖으로 나가버렸다.

비단 하만뿐이 아니라 기사들 저마다가 동칠에게 불만이 한가득 쌓인 듯했다.

그럼에도 하나 기죽지 않고 동칠은 자신의 뜻을 분명히 전했다.

동칠, 떨치고 일어서다! • 35

"앞으로 식사는 너희들이 해결해라. 자장면은 줄 수 없다. 내일은 각자 맡을 구역을 할당하겠다."

 울화통이라도 터지는지 기사들 중 일부는 치미는 화를 주체 못해 몸을 부들부들 떨었지만, 누구 하나 동칠에게 대들지는 않았다.

 당연히 동칠은 그런 것들이 기사의 맹약이라는 걸 알 리 없었다.

※　※　※

 서쪽 산 아래로 졌던 해가 동쪽에서 찬찬히 고개를 내밀었다.

 또 하루가 시작된 것이다.

 어젯밤도 동칠은 이곳으로 온 이래 여느 때와 마찬가지로 대한민국의 수도 서울로 돌아갈 것을 꿈꿨지만, 눈을 뜨자 허사가 되어버렸다.

 다분히 불쾌한 낯으로 홀로 나갔을 때는 하만을 제외한 기사들이 옹기종기 모여 있었다.

 그래도 자장면 곱빼기 값으로 거둔 녀석들이 부지런하기는 한 모양이다.

 기왕 이렇게 된 것, 동칠은 긍정적으로 받아들이기로 했다. 어쨌거나 자신의 부하요, 일꾼이 아닌가!

와룡반점에서 해야 할 일은 당연히 정해져 있었다.

"어제 그 녀석도 불러와."

그 명령을 기다렸다는 듯 눈치만 살피던 보덴이 재깍 문을 열고 하만을 불러왔다.

밤이슬을 잔뜩 맞았는지 꼴이 말이 아니었다.

조금은 미안한 마음도 들고, 그 모습이 측은하기도 하여 동칠은 담요를 내와 부들부들 떠는 하만에게 덮어주었다.

그리 대단한 배려가 아니었음에도 불구하고 이때까지 적대적인 시선으로만 보던 하만의 동공이 잠시 흔들려 버렸다.

물론 이들의 주군이 된 동칠은 그걸 눈여겨보지는 않았다.

동칠은 낮은 음성으로 제 할 말만을 했다.

"어제 보아하니까 너희끼리도 서열이 있는 것 같던데, 좌측에서부터 서열대로 서봐."

따르긴 따르려는지 기사들이 움직이기는 했다.

하지만 그 명령이 여간 고까운 게 아닌지 더러는 천장을 보고 더러는 땅을 쳐다본다. 그것도 굼벵이 기어가듯 느릿느릿한 움직임으로 말이다.

동칠은 저들의 기라도 꺾을 요량으로 눈을 부릅뜨고 명령조로 소리쳤다.

"이름!"

이에 왼쪽부터 차례대로 입을 열었다.

"판테스."

"보덴."

"하만."

"율카스."

툭툭 던지는 이름들. 하지만 모두가 말이 짧다.

역시나 기사들은 생소한 검은 머리칼의 이방인을 주군으로 모시게 된 것이 영 못마땅한 듯하다.

물론 친해지지도 않은 상황에서 팍팍하게 군다면 누구나가 반감은 가질 수 있다.

동칠 역시 그렇게 생각했다.

그렇다고 아무런 정도 들지 않은 이 녀석들과 노닥거리며 친분을 쌓아갈 생각도 없었다.

지금은 이놈들을 식구로 맞아들이기보다 그냥 부하 직원으로 만들어야겠다는 생각뿐이어서 그는 여전히 딱딱하게 굴었다.

"너, 카운터. 너, 홀 서빙. 그리고 너, 철가방. 너, 청소 담당."

손가락은 판테스부터 율카스까지 순서대로 향했다.

그러나 듣는 기사들이 그걸 100퍼센트 알아들을 리가 만무했다.

"카운터가 뭐요?"

"홀 서빙이라니?"

"처, 철가방?"

평생 검의 길을 걸어온 자들이 어찌 중국집의 일을 알 것인가!

귀찮게도 동칠은 그들이 해야 할 것들을 일일이 가르칠 수밖에 없었다.

처음엔 그런대로 듣는 것처럼 보이던 기사들은 슬슬 맡은 바 직무를 깨닫기 시작했는지 안색이 싹 변했다.

"아니, 우리더러 이런 일이나 하라는 거요?"

그 한마디에 동칠의 눈썹이 사납게 찌푸려졌다.

"이런 일?"

동칠은 다른 건 몰라도 중국집을 모욕하는 건 참을 수 없었다.

그건 수년째 와룡반점에 몸담고 살아온 자신의 얼굴에 대놓고 먹칠을 하는 것이나 마찬가지로 받아들여졌기 때문이다.

더더군다나 막내와 다름없는 율카스가 기사들을 대표한 말은, 확대해석하면 식당업에 종사하는 사람 모두를 폄훼하는 것이었기에 동칠은 그 면전에 대고 잡아먹을 듯 으르렁거렸다.

"이런 일이라고 했냐? 이게 어때서? 네놈은 먹지 않고도 살 수 있냐? 사람 입에 들어가는 음식을 만들고 서비스하는 일이 우습게 보여? 앙?"

기어이 동칠이 그의 면상에 얼굴을 바짝 가져다대며 부리부리한 눈을 했을 때, 율카스는 화들짝 놀라 한 발 물러서고 말았다.

그리고 잠깐 사이에 벌어진 일에 그는 남모를 수치심을 느꼈다.

상황이야 어찌 되었건 물러서고 말았으니, 기사의 긍지가 꺾인 셈이 아닌가!

따지고 보면 동칠의 말이 틀린 구석도 없는지라 다른 기사들 모두 율카스의 입장을 대변해줄 수 없었다.

동칠은 그 기세를 그대로 몰아 곱지 않은 눈초리로 이들의 면면을 하나하나 뜯어보며 세뇌를 시키기 시작했다.

"네놈들은 어떻게 생각할지 몰라도 이 일은 세상에서 두 번째로 숭고한 일일지 모른다."

얼떨결에 보덴이 물었다.

"그럼 첫째는 뭐요?"

그에 동칠은 딱 잘라 대답했다.

"농사!"

동칠의 말은 기사들의 신념과는 심한 충돌을 일으켰다.

기사들에게 으뜸가는 덕목이라면 첫째도 충이요, 둘째도 충이다.

그들은 자신들의 주군을 받들어 모시는 것만이 존재의 이유임과 동시에 가장 값진 일인 것이다.

쭉 그래왔고, 여태 그렇게만 알고 있었던 기사들에게는 자연히 혼란이 찾아들었다.

동칠은 저들에게 반론할 기회도 주지 않고 계속해서 기세 좋게 몰아붙였다.

"먹지 않고 살 수 있는 사람?"

속는 느낌이 강하게 들었던 나머지 판테스는 동칠의 말에 넋이 빠져 버린 후임 기사들을 대신하기로 했다.

"왜 이상한 얘기를 하는 거요? 당신이 어떤 곳에서 왔는지는 모르겠지만 이곳에서는 농부들을 가장 천한 자들로 여긴다오. 우리에게 그런 얘기를 해봤자……."

꺼내서는 안 될 얘기라도 되었던 것일까? 이어지는 동칠의 음성이 착 가라앉아 싸늘하게까지 번졌다.

"그러면서도 너희를 먹여 살리는 거다."

"무, 무슨 말이오?"

"푸대접 받고 가장 낮은 곳에 임하면서도 네놈들 살리겠다고 장대비나 뙤약볕에도 농작물을 일구고 험한 일을 마다않는 것이라고!"

뒤에 가서는 격양된 음성이 이 와룡반점을 가득 메웠고, 워낙 큰 소리에 결국 판테스도 입을 다물 수밖에 없었다.

내부는 숙연해졌다.

너무 아침부터 열을 냈던지, 다리에 힘이 풀려 버려 동칠은 하마터면 휘청거릴 뻔했다.

그러나 만약 그런 모습을 보였다가는 이놈들이 자신을 무시할 것이란 생각이 들어, 다리에 서서히 쥐가 오고 있는 데도 불구하고 꾹 참은 채 손님을 받을 때 쓰이는 방 쪽으로 걸어가 그 문턱에 걸터앉았다.

 다리가 찌리릿 저려 오는 게 코에 침이라도 찍어 바르고 싶은 심정이다.

 그 괴로운 표정을 들키지 않으려 동칠은 깍지를 낀 손을 무릎 위에 얹고 그 위에 고개를 깊이 파묻었다.

 "후우……."

 그 모습을 보자니 기사들은 뭔가가 느껴졌다.

 마치 그만 아는 세상의 깨우침을 전해주지 못해 괴로워하는 듯하달까?

 '혀, 현자?'

 동칠이 살던 세상에 공자나 맹자, 부처와 예수 같은 성인군자들이 있었다면 이 세상에는 현자가 존재했다. 그리고 그들은 깨우침을 주기 위해 세상을 두루 돌아다니며 높고 낮은 곳을 살폈다.

 작금 하만이 느끼고 있는 것을 다른 기사들도 미약하게나마 느끼고 있었다.

 동칠은 미동도 않고 자신 앞에 서 있는 기사들을 향해 손을 휘휘 저었다.

 "지금은 나가 봐. 조금 있다가 부를 테니까."

그제야 기사들은 발을 떼어놓았지만, 각자가 마음 깊은 곳에서 무언의 외침을 듣는 것 같았다. 그가 하는 말을 받아들일 준비가 안 된 자신들의 무지함을 나무라는 것이다.
 그러나 의외로 포기는 빨랐다.
 '아무리 당신의 주장이 옳다고 해도 우리에게까지 그걸 강요하는 건 옳지 않소!'
 아직 그들은 기사이고 싶었다.
 현자의 가르침을 받는 제자이기보다…….

기사들이 그를 현자로 오인하는 데는 다 그럴 만한 이유가 있었다.

이런 모양새의 건물도 처음 보는 것에다가 산 중턱에 있다는 사실도 기이하게만 받아들여졌다.

더군다나 안의 집기들은 하나같이 이 세상에서는 구경조차 하기 힘든 것들이었다.

아크만 남작이 몰락하기 전부터 함께했던 터라 세상을 많이 겪어보지 못했다지만, 이때까지 판테스를 포함한 기사들 전부는 자신들을 우물 안 개구리로 생각하지 않았다.

타 지역의 물건은 얼마든지 상인들을 통해 접할 수 있었고, 대륙의 정세나 여러 소식 또한 그들이나 지인들을 통해 전해들을 수 있었다.

또한 아크만 남작이 몰락한 이래 그들은 피치 못하게 대륙을 떠돌아다녔으니, 자연히 성안에만 처박혀 있는 다른 기사들보다야 세상에 대해 훨씬 많이 안다 자부했던 것이다.

무엇보다 기사들이 동칠의 정체를 오인한 가장 큰 까닭은 아크만에게 있었다.

아크만은 기사들과 격을 두어 동칠과 대화를 나눌 때는 항상 주위를 물렸고, 응당 기사들은 동칠이라는 저 사람이 전혀 이해가 되질 않았다.

사람조차 잘 드나들지 않는 이런 곳에 음식점을 차렸다는 점 또한 이상했다.

동칠이란 인간을 파악하기 위해 판테스는 그와 함께 있던 시간을 곱씹어보다 정색을 하고 율카스에게 물었다.

"너는 자장면을 맛봤다고 했지?"

자장면이라는 단어를 듣게 되자 반사적으로 율카스의 입에 침이 한가득 고였다. 그러나 차마 판테스 앞에서 침을 흘릴 수는 없는 노릇이라 그는 입 안의 침을 정리하고는 서둘러서 대답했다.

"그렇습니다."

"어땠지?"

짧았던 그 순간을 회상하며 율카스의 혓바닥은 솔직 담백하게 그 느낌을 토로했다.

"이런 말씀을 드리면 어떻게 생각하실지 모르겠지만, 제 평생 그런 맛은 처음 보았습니다. 혹시 천상에서 만든 음식이 아닐까 하는 느낌마저 들었으니까요."

도대체 무슨 맛이었기에?

율카스의 말을 전해들은 기사들은 궁금하기 짝이 없었다. 평이 너무 과하다 받아들여졌던 탓이다.

율카스가 다른 이들에 비해 하만을 덜 몰아세운 건 꼭 막내라서가 아니었다.

주군이었던 아크만 남작이 식사를 할 때마다 율카스는 시퍼렇게 멍이 들도록 허벅지를 꼬집어가면서 초인적인 인내심으로 참았었다.

자장면을 다시 맛보고 싶은 충동과 욕구를 떨쳐 낸다는 건 그만큼 어려운 일이었던 것이다.

바로 이때, 안에서 동칠이 묵묵히 걸어 나왔다.

이들이 떠들 동안 동칠은 안에서 많은 사고를 했다. 그래서 결정한 것이 이 와룡반점의 운용이었다.

장사를 하지 않으면 결국 버티지 못하고 쓰러질 것이다. 안에 쌓인 재료들이 많다고 해도 언젠가는 동이 날 것!

팔아서 이윤을 남겨 부를 축적해야만 한다. 그래야 앞으로 먹고 사는 데 지장이 없을 것이다.

이는 아크만을 박대할 때까지만 해도 깨닫지 못했던 부분이었다.

동칠도 막막한 상황에 괴롭고 혼란스러웠으니 만사를 귀찮게만 여겼던 까닭이다.

여전히 불쾌지수는 쌓여 있지만 이대로 생을 포기할 수는 없었다. 늦었다고 생각할 때가 가장 빠르다고 하듯이 동칠은 이제나마 앞날의 방향을 잡았다.

장사. 여기가 사람조차 잘 드나들지 않는 곳이지만 그렇다고 아예 방법이 없는 건 아니었다.

높은 지대에서 기사들을 굽어보던 동칠이 물었다.

"글은 다 쓸 수 있겠지?"

판테스가 그 질문에 응했다.

"예전이야 기사들이 무식했다지만 지금은 아니오. 모두 쓸 수 있소."

동칠은 네 사람을 가만히 살피다가 한 사람을 콕 집었다.

"너."

지목을 받은 하만은 손가락으로 자신을 가리키며 되물었다.

"나요?"

"그래, 너. 네가 해줘야겠다."

요구만 하고 당장 돌아서 다시 안으로 향하는 동칠을 하만은 얼떨떨해하면서도 따랐다.

남은 기사들의 의문도 증폭되어갔다.

"도대체 뭘 시키려는 걸까요?"

알 수가 없었기에, 판테스는 또렷한 눈으로 자신을 쳐다보며 묻는 보덴의 질문에 답할 수 없었다.

그로부터 약 30분쯤 흘렀을까?

동칠을 따라 하만이 백색의 종이 낱장들을 들고 나왔다.

"나눠줘."

명령이 떨어지자, 미적거리던 하만은 마지못해 기사들에게 종이를 나눠주기 시작했다.

거기에는 이렇게 적혀 있었다.

〈(신)와룡반점〉

중화요리의 새 지평을 열다.

한번 맛본 손님은 저희 가게를 꼭 다시 찾아올 것이라 믿어 의심치 않습니다.

한분 한분 정성껏 모시겠습니다.

자장면:40쿠퍼

짬뽕:45쿠퍼

탕수육:1실버 20쿠퍼

깐풍기:2실버 10쿠퍼

…….

동칠이 하만을 데리고 간 이유는 전단지를 작성하기 위함이었다.

그는 우선 하만에게 이 세계의 물가를 물었다.

자장면 가격은 보통의 식사에 비해 4배가량 비쌌는데, 한정된 재료와 독특한 음식이라는 걸 감안해서 내린 결정이었다.

그리고 뒷장에는 대략의 약도가 그려져 있어 꼭 안내를 받지 않더라도 이곳을 찾을 수 있게끔 해놓았다.

어이없어하는 기사들을 보면서 동칠은 마치 당연한 일을 시키듯 호령했다.

"전단지라는 것이다. 너희는 앞으로 이것을 배포하고 사람들을 끌어와야 한다."

기사들은 하나같이 미간을 찌푸리면서도 아까 동칠의 언행 때문에 누구 하나 나서서 이의를 제기하지 않았다.

다만 그들에게선 동칠에 관한 의혹들이 새록새록 자라나고 있었다.

'도대체 정체가······?'

❋   ❋   ❋

와룡반점이 자리한 알타 산의 서쪽 아래에 위치한 티모르 마을은 축제 기간이었다.

바람을 가득 담은 노란 풍선이 하늘로 떠올랐고, 부모 손을 잡은 천진난만한 아이들의 기분 또한 풍선처럼 붕 떴다.

그러나 이 축제를 즐기려는 사람들 틈바구니에서 유독 강압적인 태도를 취하는 자들이 있었다.

"이거 한 장 받아가시오!"

"이게 뭡니까?"

"어허, 일단 받아보시오!"

우격다짐으로 전단지를 아이 손에 쥐어준 뒤 돌아서는 사람은 다름 아닌 보덴이었다. 그의 눈은 이미 다른 사냥감을 물색하고 있었다.

이놈의 전단지는 나눠줘도 나눠줘도 좀처럼 줄어들 기미가 보이지 않았다. 참다못해 보덴은 하만에게 화살을 돌려 불만을 쏟아냈다.

"대체 몇 장이나 만든 거야?"

"……"

다른 기사들의 사정이라고 나은 건 없었다.

전부가 이 쪽팔림을 감당하지 못해 얼굴이 홍당무처럼 빨개진 상태였으니.

기어이 율카스가 두 사람의 곁으로 다가오며 답답함을 호소했다.

"왜 우리가 이런 짓까지 해야 하는 겁니까?"

하만과 보덴은 물론이고 지척에 있던 판테스도 같은 심정이었지만, 누구도 그에 대한 해답을 줄 수 없었다.

본디 스스로에게 부끄럽지 않으려는 기사들은 주군의 명령이라면 무엇이든지 떠받들려 하는 경향이 있었다.

물론 그 주군이 판단력을 상실할 때나 불 보듯 뻔한 상황에서 해가 될 만한 명령을 내린다 싶으면 가감 없이 충언을 올리고는 하지만 그건 어디까지나 자신들의 주군에 해가 되고 득이 됨을 알리려는 것이지, 명령의 부당함을 얘기하는 게 아니었다.

 기사들이 혼동하는 이유는 거기에 있었다.

 이건 꼭 '쓰레기를 버리는 일은 하인에게 시키시지, 왜 저희에게 시키십니까?'라고 따지는 것과 다를 바 없었다. 그러니 애매한 것이다.

 판테스를 포함한 4명의 기사들은 결코 이따위 잔심부름이나 하자고 기사의 길을 걸은 게 아니었다.

 수치심으로 따지자면 마치 동냥질을 하는 것과 맞먹는다. 명예를 중시하는 기사들에게 전단지 배포는 도통 적응이 안 되는 일인 것이다.

 그래도 사려 깊은 판테스는 이 일에 어쩌면 숨은 뜻이 있을지 모른다고 생각했다.

 '자존심보다 중요한 게 있다는 걸 알려 주려는 심산일까? 아니면 이걸로 우리를 시험하려는 것일 수도……'

 어떠한 상황이 닥쳐와도 그는 버림받지 않으려 노력했다.

 내쳐지는 순간, 평생토록 쌓아온 명예가 물거품이 된다고만 믿었기에!

 며칠도 되지 않은 상황이니 아직은 더 두고 봐야 한다.

그렇게 마음을 다잡으려는 판테스를 유혹하는 소리들이 보덴과 율카스로부터 들려왔다.

"전 더는 못하겠습니다. 차라리 허드렛일을 시킨다면 몰라도 이건 아니지 않습니까!"

"이걸 땅에 뿌리고 가면 어떨까요? 그럼 필요한 사람들은 주워 보지 않겠습니까?"

율카스의 그럴듯한 제안에 부당함을 호소하던 보덴이 맞장구를 쳤다.

"옳거니, 그게 좋겠다."

하만은 판테스의 눈치만 살피고 있었다.

대세가 전단지를 바닥에 뿌리는 쪽으로 기울어가니 판테스가 허락만 해주면 당장에라도 동조하겠다는 뜻을 피력하고 있는 것이다.

판테스는 갈등에 휩싸였다.

그대로 하자니 해방감은 들 테지만 찜찜함이 앞서고, 안 그러자니 기사의 자존심이 땅속으로 파고든다.

역시나 기사라는 신분이 묘한 마찰을 일으켰다.

하지만 그 역시 욕심이 있는 인간이라 사리 판단이 계산적으로 이루어질 수밖에 없었다.

"열 장씩만 더 돌리고 나머지는 뿌린다."

판테스의 용단에 기사들은 속으로 쾌재를 불렀다.

각기 10장씩을 나눠준 뒤 나머지 전단지를 하늘 높이 뿌렸을 때는 기사들은 형언할 수 없는 해방감을 맛보았다.

"십 년 묵은 체증이 내려가는 기분입니다."

"하하! 율카스, 고생했다."

수고했다고 율카스의 등을 두드려 주는 보덴의 손길에는 정이 듬뿍 담겨 있었다.

기분으로 따지자면 하만이나 판테스도 그에 못지않았다.

더군다나 이들 네 사람에게는 맡은바 직무를 다했다는 성취감까지 자리했다.

하지만 상쾌한 걸음으로 와룡반점으로 향하는 네 사람은 크나큰 착각을 하고 있었다.

이 일은 오늘로 끝이 아니라는 걸.

※ ※ ※

그로부터 나흘 뒤.

오늘도 어김없이 기사들은 동칠이 나눠준 전단지를 들고 거리로 나섰다.

많이 뿌리면 뿌릴수록 전단지의 양은 더 늘어만 가서 그들의 고충을 한층 심화시켰다.

기어코 보덴이 못할 소릴 내뱉었다.

"우리, 도망칩시다."

그 말에 판테스는 노하지 않을 수가 없었다.

"기사로서의 긍지를 버릴 참이냐?"

"그는 우리를 기사로 생각하고 있지 않습니다!"

우려하던 일이 현실로 나타나고 있었다.

이대로라면 기사들 간에 분란이 일어날 소지까지 보였다.

내색은 않았지만 판테스도 일이 이 지경으로 돌아갈 것임을 미리 간파하고 있었다.

그 때문에 여러 번 동칠을 찾아가 독대를 청해볼 생각을 했지만, 차마 용기가 나지를 않아 발길을 돌렸던 판테스다.

또 자신이라고 보덴 같은 생각을 안 해본 것이 아니다. 하지만 생각을 뒤집고 몇 번을 고쳐 생각해보아도 그럴 수는 없는 일이었다.

금방이라도 눈알이 뒤집히려는 보덴을 판테스는 좋은 말로 타일렀다.

"너도 기사가 되기 위해 평탄치 않은 인생을 살아왔다는 걸 안다. 그러니 나는 네가 어렵게 얻은 것을 쉽게 버리는 우를 범하지 말았으면 한다. 물론 그렇게 쉽게 내팽개칠 성질의 것이었다고 하면 말리지는 않으마."

보덴이 듣고 나니 판테스의 말은 틀린 말이 아니었고, 여태 일로 정진한 기사의 길을 포기한다고 가정하니 심히도 망설여졌다.

그의 동공이 흔들리고 있음을 간파하고 판테스는 못을 박아 말했다.

"한 번 버린 신념은 두 번이고, 세 번이고 버릴 수 있다. 이는 우리 기사들에게는 철칙과도 같은 것이니 너도 잊지는 않았으리라 본다."

신념과 양심을 저버린 기사들을 일컫는 말이었다.

그들은 필요에 따라 배신을 거듭했으며, 심지어는 눈앞의 이익에 눈이 멀어 주군을 살해하는 짓까지 서슴지 않았다. 대륙엔 그리하여 현상 수배지에 오른 이들이 적지 않았다.

힘은 가졌으되 제어하지 못해 생긴 현상이라 봐도 무방했다.

꼭 자신이 그 우매함을 따라가게 될 것이란 불안함이 엄습해왔던지 보덴은 고개를 푹 숙이고서 그릇된 생각을 품었던 잘못을 시인했다.

"제 생각이 짧았습니다."

이때, 부름이 있었다.

청소 때문에 와룡반점에 남아 있던 율카스가 동칠의 명령을 들고 온 것이다.

"오늘은 전단지 그만 돌리고 오시랍니다."

별것 아닌데도 세 기사의 얼굴엔 작은 희열이 들어찼다. 동시에 무기력함도 걷혀졌다.

이 창피함만 아니라면 어떤 궂은일도 마다하지 않겠다는 의지의 표현이었다.

그렇게 돌아간 와룡반점에는 적잖은 손님들이 들어차 있었다.

막 주방에서 음식을 내오던 동칠은 멀뚱히 서 있는 기사들이 못마땅한지 그들을 향해 눈을 째렸다.

그리고 손님 테이블에 음식을 내려 둔 뒤 기사들에게 접근, 그들은 절대 원치 않을 강요를 했다.

"이제부터 실전이다. 판테스, 카운터로. 보덴, 서빙."

배달은 아직 없는지 하만에게는 따로 부여된 임무가 없었다.

마뜩찮은 일이지만 판테스는 자신이 갈등에 휩싸이면 보덴이 더 힘들어질 것을 염려해 어려운 걸음을 옮겨 카운터로 들어갔다.

기사들에게 사전 연습은 있었다.

낮이면 전단지를 배포하고, 밤이면 맡은바 소임을 연습했던 그들이었다.

그러나 연습과 실전은 다르다고 했던가?

두 기사들이 그러했다.

판테스는 계산을 틀리는 실수를 계속 범했고, 보덴은 그만 짬뽕 국물을 쏟아 손님의 옷을 더럽혔다.

어설프기 짝이 없는 둘을 보면서 동칠은 실망했다는 듯 연거푸 고개를 저어댔다.

'내가 저놈들을 믿고 장사를 해야 하나?'

이 무렵, 한 남자가 음식을 다 먹은 후 계산을 마치고 있었다.

"세상에 이렇게 맛있는 음식이 있었다니. 내 반드시 또 오겠소."

아이들 둘을 데리고 혀를 내두르며 칭찬하는 중년인.

그들이 나가고 테이블이 비었음에도 율카스는 제 할 일도 까먹었는지 우두커니 서 있었다.

곧 다른 손님 둘이 입장해 마침 그 자리에 앉았다.

율카스의 시선과 막 앉은 손님들의 시선이 허공에서 머쓱하게 마주친다.

주인 되는 입장에서 동칠이 이를 용납하지 못하고 그에게 다가가 성깔을 부렸다.

"손님 앉은 거 안 보여?"

꾸지람을 듣고 나니 율카스의 기억 속에 손님이 나가고 들어올 때의 할 일이 떠올랐다. 부리나케 그는 비워진 그릇들을 차곡차곡 쌓은 뒤 그걸 들고 주방으로 이동했다.

그런데 막 그릇을 치운 그 자리에 앉은 손님 둘은 꼭 무슨 할 말이라도 있는지 율카스를 빤히 쳐다보고 있었다.

어느새 주방으로 돌아온 동칠은 마치 그들의 속내라도 읽고 있다는 듯 율카스의 면전을 향해 푸르스름한 물체를 던졌다.

기사들의 반사 신경은 범인들의 상상을 초월한다.

무언가 얼굴로 쇄도하는 걸 눈치라도 챘는지 율카스는 순간적인 재치를 발휘, 몸을 뒤로 뺐었다가 오른손으로 날아오는 그것을 낚아챘다.

탓!

축축한 기운이 손을 타고 느껴진다.

꾹 짜면 물기라도 흐를 것 같은 이것은 동칠의 말을 빌리자면, 행주라는 물건이었다.

멍하니 행주를 살피는 율카스를 보며 동칠은 윽박질렀다.

"뭐 해? 가서 닦아!"

반항심이 싹틀 새도 없었다.

게다가 선임 기사들도 눈코 뜰 새 없이 움직이고 있는데, 자신이라고 별수 있겠는가!

테이블을 잽싸게 훔치고 율카스는 다음 사냥감을 물색하듯 재빠르게 내부를 훑었다.

때마침 일어나려는 손님들이 보였다.

욕을 먹지 않기 위해 율카스는 굶주린 한 마리 야수처럼 그쪽을 향해 달려갔다.

따그락, 따그락.

곧이어 막 빈 그릇들을 정돈하려는 찰나에 동칠의 성난 음성이 들려왔다.

"야!"

정확히 율카스를 향한 외침이었다.

율카스가 자신의 잘못을 헤아리는 데는 그리 오랜 시간이 걸리지 않았다. 손님들의 짜증 어린 표정이 동칠의 못 다한 말을 대변해주고 있었기 때문이다.

테이블을 치운답시고 그만 손님들의 길을 떡하니 막고 있던 그였다.

무안한 낯으로 비켜서는 그에게 손님들의 질책이 퍼부어졌다.

"처음 왔어?"

"왜 저렇게 어설퍼?"

자존심에 상처를 입은 나머지 율카스의 한쪽 눈썹이 꿈틀거렸다.

자신을 나무란 이들은 분명 평민들이었다.

기사인 그가 저런 신분도 미천한 것들에게 언제 한 번 이같은 모욕을 당해봤던가?

기억에 전무한 일이었다.

분을 주체 못하고 주먹을 불끈 쥐니 그 손에 들려 있던 행주에서 물이 뚝뚝 흘러내렸다.

대형 사고가 터질 뻔한 순간, 아직 할 일을 배정받지 못한 하만이 소리 없이 다가와 율카스의 어깨를 붙들고는 조곤한 귀엣말로 타일렀다.

"참아라."

살아오며 자주 의견 충돌이 있었던 하만이었지만, 율카스는 선임 기사의 말을 무작정 깔아뭉갤 정도로 심성이 나쁘진 않았다.

여기서 말썽을 일으키면 파장은 적잖을 테고, 그러다 보면 애꿎은 선임 기사들에게까지 피해가 갈 수 있다.

달아오르다 못해 펄펄 끓는 속을 다스리려 율카스는 씩씩거리며 코로 뜨거운 김을 연신 내뿜었다.

동칠의 눈에 그런 두 사람이 달갑게 보일 리가 없었다.

"바빠 죽겠는데 너희는 뭐 하는 거야?"

주문받은 음식 만드는 것도 관두고 행차한 동칠이라 고운 목소리가 나가지 않았다.

못났든 잘났든 간에 기사들에게 있어 작금 동칠은 틀림없는 주군이었다.

아직 정식으로 인정하지 않아 존대는 못해주고 있지만 그 사실은 부정할 수 없는 현실이었다.

해서, 하만은 바짝 열이 올라 있는 율카스 대신 어울리지도 않는 억지 미소를 곁들여 뒷머리를 긁적이며 멋쩍게 웃었다.

동칠도 오래 설교를 늘어놓고 싶은 생각은 없는지 판테스와 보덴을 가리키며 빈둥빈둥 서 있던 두 기사의 잘못을 일깨웠다.

"쟤들 안 보여? 다 바쁜데 이러고 있으면 돼? 안 돼?"

"……."

"일을 해야 할 거 아냐, 일을. 빨리빨리 움직여."

두 녀석의 등을 동시에 떠밀었지만, 율카스는 엉거주춤하게라도 움직여 테이블 치우는 데 반해 막상 대답을 했던 하만은 우두커니 서 있었다.

조급한 성격을 이기지 못하고 동칠은 하만을 다그치기부터 했다.

"넌 왜 일 안 해?"

"나는 뭘 해야 하오?"

그러고 보니 이 녀석에게 정해준 임무가 철가방인지라, 동칠은 그를 주방으로 불렀다.

"따라와."

할 게 없다는 건 핑계에 불과하다.

주방만 해도 설거지할 게 이렇게 넘쳐 나질 않는가!

"이거나 닦아라."

툭하고 던진 동칠의 한마디에 하만은 머리에서 뿔이라도 날 것 같았다.

남이 먹던 그릇이나 닦는다는 건 기사인 하만에게 있어 굴욕 중의 굴욕이었기 때문이다.

뛰쳐나가고 싶은 생각은 굴뚝같았지만, 차마 그럴 수는 없어 하만은 마지못해 그릇을 잡았다.

그사이 벌써 화로에 불을 피우고 그 안에 담긴 요리를 한 차례 뒤집은 동칠이다.

물끄러미 하만을 보자니 답답하기 그지없어 그는 하던 일도 멈추고 득달같이 다가와 잔소리를 퍼부었다.

"고무장갑을 끼란 말이야!"

성을 내며 건넨 불그스름한 이것은 건틀릿도 아니요, 가죽장갑도 아니었다.

닦달에 못 이겨 고무장갑이라는 걸 끼긴 했지만 하만은 괜스레 볼이 발개졌다. 저도 모르게 창피함을 느끼는 것이다.

그러거나 말거나 동칠은 고무장갑을 낀 하만의 손에 수세미를 쥐어준 후, 그 위에 퐁퐁 두 방울을 떨어뜨렸다.

"기름기 있는 건 퐁퐁 꼭 써야 한다."

"이게 퐁퐁이요?"

"그래."

더 알려 주기 귀찮다는 듯 동칠은 바삐 제자리로 가버렸다.

'나만 이러는 것도 아니고, 다 하는 거다. 그래, 까짓것 못할 게 뭐 있냐?'

어렵게 마음을 다잡으며 그릇을 잡기는 했지만 미끄덩하는 바람에 아래로 곤두박질을 친다.

놀란 하만은 오른손으로 떨어지려는 그릇을 억세게 붙들었다.

쨍깡!

그 손의 악력을 이겨 내지 못했음이다.

닦기도 전에 깨어진 그릇을 보며 하만은 곤혹스러움을 떨칠 수 없었다.

"참 가지가지 하네."

나무라는 동칠이 야박한 게 아니었다.

식당업에 종사하는 누구든 주인 된 입장이라면 동칠보다 더하면 더했지, 덜하지는 않으리라.

와룡반점 근처에 있던 다른 중국집 같으면 '야 이 새끼야! 똑바로 못해?'라고 욕지거리를 퍼부어주고도 남았을 터.

동칠 또한 처음 와룡반점에 취직하며 욕을 많이 얻어먹은 케이스였다.

서러웠던 나머지 남몰래 눈물을 보인 적도 허다했다.

그 같은 과정을 거친 그였기에, 타인을 나무랄 때 쌍소리 섞지 않고 비교적 조심하는 것이다.

하지만 뜻하지 않게 사고를 친 하만에게는 그 말조차 감내하기 힘든 것이어서, 이마에는 땀이 송골송골 맺히고 더없을 긴장감에 입 안은 바싹바싹 말라갔다. 더불어 손도 떨렸다.

원체 보통 사람을 뛰어넘는 힘을 가졌으니 조금만 힘 조절에 실패해도 이런 얇은 그릇 따위는 박살이 날 수가 있다.

하니, 하만의 손놀림은 사뭇 조심스러워질 수밖에 없었다.

게다가 설거지라는 것은 구경만 했지 해본 적은 또 처음이라 시간은 지연될 수밖에 없었고, 그릇 하나를 닦는 데 1분이 넘어가자 보다 못한 동칠이 끼어들었다.

"줘봐."

신경질적으로 하만에게서 그릇을 빼앗은 뒤 동칠은 손수 시범을 보여 주었다.

파바바박.

군더더기 하나 없는 손놀림. 동칠이 그릇을 닦는 데에는 채 5초가 걸리지 않았다.

하만이 느끼기로는 눈 깜빡할 새랄까?

하만의 동공이 놀람에 물들어 급격히 부풀었다.

"해봐."

시킨 후, 일도 놓고 동칠은 곁에서 하만의 하는 양을 가만히 지켜본다.

시간은 10초가량 줄어들었지만 엉성하기 짝이 없었다. 게다가 군데군데 얼룩이 남아 있다.

잔뜩 인상을 찌푸린 채 자신을 노려보는 동칠이 하만은 두려워졌다.

사실 그는 억울할 뿐이다. 뭘 봐야 배우든지 할 게 아닌가!

다시 한 번 동칠이 그런 하만을 대신해 재차 시범을 보여 주었다. 그것도 상당히 느릿하게.

'뒷면을 큰 손놀림으로 닦은 후 재빠르게 그릇을 뒤집는다. 그리고……'

하만이 본 게 맞았다. 동칠은 뒷면, 그리고 앞면을 정확히

한 번씩만 닦았다.

그에 따라한다고 해보았지만 잘될 리가 없었다.

힘 조절은 물론이요, 음식 찌꺼기가 묻은 부분을 정확히 파악해 닦는 그 오묘한 경지를 오늘 처음 설거지를 해본 하만이 어떻게 따라할까?

그래도 계속 반복하다 보니 실력이 늘기는 했다.

동칠은 자리로 돌아가며 나름 철학적인 말을 내뱉었다.

"밑바닥부터 배워라. 네가 어떤 삶을 살았는지는 몰라도……."

소리를 듣는 즉시 하만은 경직된 몸짓을 보였다.

왜인지 본래의 주군인 아크만 남작보다 그의 존재감이 더 크게 느껴진다.

하던 일도 잊고, 하만은 동칠의 등을 오랫동안 바라보고 있었다.

✽ ✽ ✽

날이 갈수록 손님은 늘어만 갔다.

불만스런 표정은 감추지 않았지만, 기사들은 너 나 할 것 없이 싫은 소리 한 번 하지 않고 열심히 일했다.

영업을 마친 시각.

동칠은 그간 자신이 너무 야박하게 군 게 아닌가 싶어 큰 마음 먹고 기사들에게 자장면을 만들어주었다.

표정으로 볼 때 제일 반기는 건 율카스였다.

그는 아직도 일전에 맛보았던 자장면의 맛을 잊지 못했다.

얼마나 먹고 싶었으면 꿈에서 사지인 걸 알면서도 자장면이 있는 곳에 발을 들여놓았겠는가!

사실 기사들은 율카스의 '한 입만!' 이라는 애절한 잠꼬대를 수도 없이 들었다.

보덴이 그 경박함을 몇 차례고 꾸짖었지만, 율카스는 도무지 나아질 기미가 보이지 않았다.

노력을 해도 그 잠버릇을 고치는 것은 자신의 의지 밖이라는 것이다.

그리고 지금, 그렇게 바라 마지않던 자장면을 눈앞에 두어서인지 그의 표정은 기쁨으로 넘실거렸다.

이대로 계속 두었다가는 자장면이 불 것만 같아 동칠이 먼저 젓가락을 들었다.

"불기 전에 먹어야 한다."

그가 면을 슥슥 비비는 것을 보며 기사들도 따라 했다.

이어 한 젓가락씩 면을 들어 입 안에 넣었을 때는 동칠과 율카스를 제외한 모든 기사들의 반응이 똑같았다.

'이럴 수가!'

막상 음식을 만든 동칠은 새삼스러울 것도 없었다.

이제껏 자장면을 처음 맛본 이들은 한 명도 빠짐없이 저런 반응을 보였기 때문이다.

 잠시 경직된 몸짓을 보였던 기사들이 게걸스럽게 자장면을 먹어 치우고 있을 때였다.

 탁!

 어인 일인지 판테스는 젓가락을 소리 나게 테이블에 내려두었고, 자연히 그에게 누구라고 할 것 없이 모두의 시선이 집중되었다.

 이어 판테스는 후임 기사들처럼 멀뚱히 자신을 보던 동칠을 향해 비장한 각오로 소리쳤다.

 "나는 앞으로 이 자장면이라는 걸 입에 대지 않겠소!"

 "왜?"

 "……."

 질문에 판테스는 말을 아끼고는, 자신의 자장면을 율카스 쪽으로 밀어준 후 서슴없이 밖으로 나가버렸다.

 동칠 역시 매일 먹던 자장면 따위엔 관심도 없어 자신의 자장면도 가운데로 밀어둔 채 궁금증을 풀고자 판테스를 따라 나갔다.

 현관 앞에서 판테스는 묵직한 한숨을 내뱉고 있었다.

 "후……."

 "맛이 없어?"

 곁으로 다가와 묻는 동칠의 질문에 그는 속마음을 그대로 내보였다.

"저런 것에 맛을 들이면 앞으로 내 자신을 통제하기가 힘들 듯하오. 그래서 그랬소."

"크크큭."

배를 쥐고 웃는 동칠에 비해 판테스는 너무도 진지하다.

더 웃었다가는 그의 기분이 상할 것도 같아 동칠은 웃음을 그치고 말했다.

"뭘 대단한 거라고."

대한민국에서 자장면은 그다지 고급 음식에 속하지 않는다. 반면에 판테스를 포함한 기사들은 자장면을 진귀한 음식으로 여기고 있었다.

다른 건 몰라도 여기가 아니면 맛볼 수 없는 음식이라는 건 확실하지 않은가!

"저런 건 장사만 잘되면 끼니마다 줄 수 있다."

"저, 정말이오?"

"그럼, 만드는 데 얼마 걸리지도 않는데. 그 많은 메뉴 중에서 자장면이 제일 싼 데에는 다 이유가 있는 거야."

이 순간, 판테스는 두고 온 자장면이 그리워졌다.

그러나 장래란 모르는 법.

모질게 헐뜯었어도 원래의 주군인 아크만 남작이 돌아온다면 판테스는 그를 따라 떠날 작정이었다. 그렇기에 더욱 자장면을 경계해야만 했다.

자장면에 맛을 들이면, 어쩌면 그때가 오더라도 이 와룡반점을 쉽사리 떠나지 못할지 모른다는 불안함이 자리했던 것이다.

 그동안의 율카스만 보더라도 알 수 있는 일이잖은가!

 그런 만큼 동칠의 호의는 판테스에게 더없는 경각심만 일깨워주고 있었다.

 "먹고 싶으면 말해. 다시 만들어 올 테니까."

 "그럴 필요 없소. 내 결심은 확고하니까."

 단호한 입장에 동칠도 더 부추기지는 않았다.

 그리고 왜인지 몰라도 판테스의 그러한 태도는 동칠에게 '이 녀석, 썩 괜찮은데.' 라는 생각을 심어주고 있었다.

※　※　※

 장사는 너무도 잘되었지만, 피치 못하게 동칠은 와룡반점의 문을 잠시 닫아둘 수밖에 없었다.

 동이 나고 있는 식재료들의 매입을 차일피일 미룰 수는 없는 노릇이었기 때문이다.

 특히 가장 잘 팔리던 자장면에 들어갈 돼지고기는 한 근도 남아 있질 않았다.

 계속 장사를 해나가려면 재료를 채워야 했기에 동칠은 부랴부랴 문을 걸어 잠그고 장을 보기 위해 나섰다.

동행으로 율카스를 데려온 데에는 다 그럴 만한 이유가 있었다.

일단 서열상으로 막내였다.

어느 조직이나 그렇듯 잔심부름 같은 걸 윗선에 시키면 그 대상은 발끈하게 마련이다.

딴에는 나머지 기사들의 위신이나 세워주겠답시고 그를 데려온 것이다.

하지만 동칠은 원하는 식재료의 대부분을 얻을 수가 없었다.

"여기에는 돼지고기가 아예 없는 거야?"

티모르 마을 내 위치한 시장에서 동칠의 질문을 받은 율카스는 의아할 뿐이었다.

"그게 뭡니까?"

율카스는 서서히 동칠을 주군으로 인정하고 있었는데, 이에는 매끼마다 내어주는 자장면의 영향이 가장 컸다.

어쨌거나 동칠과 달리 율카스는 돼지라는 동물 자체를 몰랐다.

지칭하는 이름이 다를 수도 있겠다 싶어 동칠은 떠오르는 돼지의 생김새를 덧붙여 물었다.

"왜, 돌돌 말린 꼬리에 꿀꿀하고 울어대는 콧구멍이 이렇게 생긴 동물 있잖아."

딴에는 코끝을 들어올려 들창코까지 보여 주었음에도 율

카스는 흉한 모습에 눈살을 찌푸리더니 고개를 젓는다.

'더 자세한 설명이 필요하다.'

그러면서 동칠은 가져온 메모지에 기억하고 있는 돼지의 모습을 펜으로 그렸다.

썩 훌륭하지는 않았지만, 그래도 고교 시절 미술부에 두 달이나 몸담았던지라 그가 그린 그림은 실제의 돼지와 꽤나 흡사했다.

거기다 혹 율카스가 못 알아볼까 싶어 살을 덧붙이고 명암을 더하니 곧 반응이 왔다.

"그렇게 생긴 걸 말하는 겁니까?"

동칠이 고개를 끄덕이는 걸 보고서 율카스는 난처한 기색을 했다.

"똑같진 않아도 그와 비슷한 게 있긴 있는데… 제가 알기로 그건 여기서는 고기로 분류되는 게 아닙니다."

"고기로 분류되는 게 아니라니?"

동칠의 되물음에 율카스는 도통 감을 잡지 못했다.

이 사람이 정말 몰라서 묻는 건지, 아니면 그 괴물 같은 놈을 잡아먹고 살아온 건지에 대해서……

딱히 방향을 잡지 못해 율카스가 우물거리니 동칠이 채근했다.

"어디에 있는지는 알고 있어?"

율카스는 소싯적 그놈한테 죽은 사람을 보았는데, 그 모습은 너무도 끔찍했다.

 오장육부가 터져 죽은 광경이 눈에 어른거리자 그는 저도 모르게 이맛살을 찌푸렸고, 대답이 지연되자 동칠의 눈초리가 사나워졌다.

 더 이상 회상만 할 순 없음을 깨닫고 율카스는 마지못해 입을 열었다.

"대충 어디 서식하는지는 알고 있습니다. 원하신다면 안내해드리겠습니다."

　율카스는 동칠을 험한 산중으로 안내했다.

　이놈이 딴마음을 품고 있나 오해할 정도로 깊숙이 들어가자 동칠은 불안한 기분이 들었다.

　그곳엔 악마를 연상시키는 괴팍하게 생긴 선인장목의 식물들이 있는가 하면, 여기저기 동물들이나 유인원의 것으로 추정되는 뼈가 덩그러니 있어 공포심까지 싹텄다.

　풀 한 포기 자라지 않는 붉고 척박한 땅에는 자갈들이 굴러다니기 일쑤였고, 심하게는 돌부리가 가시처럼 뾰족하게 튀어나와 있었다.

　오죽하면 동칠은 자신이 머물렀던 산이 이 산이 맞는지 의심까지 갈 정도였다.

그렇다고 이제 와서 약한 모습을 보일 수는 없는 노릇이었다.

 무섭다고 돌아가자고 하면 율카스 이놈이 자신을 뭐라 생각하겠는가.

 속된 말로 '개깡'이라도 보여야 했다.

 그러나 평상심이 흩어져 버린 와중이라 긴 대사를 읊을 수는 없었다.

 "같은 산인데 뭐가 이렇게 차이가 나?"

 "우리도 이쪽으로 오다 죽을 고비를 넘겼습니다."

 짧은 대사여서인지 동칠의 음성은 일체 떨리지 않았다.

 덕분에 율카스의 눈엔 작금의 동칠은 너무도 태연작약하게 비춰졌다.

 아니, 오히려 그는 이 죽음의 언덕을 오시하고 있는 것처럼 보였다.

 '대범한 사람도 이곳에 처음 오면 두려움이 샘솟는다고 했는데, 동칠 이 사람은 대체……?'

 선임 기사들이 어떻게 생각하든 간에 율카스는 동칠을 요리사 이상으로 보지는 않았었다.

 하지만 지금의 대범함은 일개 요리사가 보일 만한 담력이 아니었다.

 '이분, 어쩌면 우리한테 힘을 숨기고 있는 것일 수도…….'

은연중에 율카스는 그렇게 생각했다. 그렇지 않고서야 이렇게 평온할 수 있겠는가 말이다.

울룩불룩한 산등성이를 넘다 보니 어느 순간 동칠의 눈에 돼지 흡사한 녀석이 포착되었다.

"저놈을 말하는 건가? 돼지가 좀 다르네?"

"역시 다른 걸 보신 모양입니다. 저건 돼지가 아니고 꾸뤼릭이라고 하는 짐승입니다. 하지만 그 그림과 비슷한 것이라고는 제 기억에는 저놈밖에 없어서 말입니다."

율카스의 말처럼 동칠의 눈이 향한 곳에 있는 동물을 돼지라고 보기에는 무리가 따랐다.

저 녀석은 일반 돼지보다 2배가량 덩치가 컸으며, 피둥피둥한 살집 대신 악어가죽을 뒤집어쓴 것 같았다.

푸르르륵.

언덕의 동칠과 율카스를 보았는지 꾸뤼릭은 경계 어린 시선을 보냈다.

"몹시 빠른 놈입니다. 일단 보았으니 돌아갑시다. 워낙에 난폭한 놈이라 신경에 거슬리면 우리한테 달려들 수도 있습니다."

쉽게 돌아갈 거라면 애당초 오지도 않았을 것이다.

하지만 꾸뤼릭의 다음 행동에서 동칠은 바짝 움츠러들 수밖에 없었다.

꽈드득.

믿기지 않게도 돌덩어리를 씹어 먹고 있다.

자신도 걸리면 가루가 될 수도 있겠다는 생각에 동칠은 덜컥 겁부터 났다.

돼지고기가 아무리 중하다 한들 당장은 율카스의 충고대로 발길을 돌리는 수밖에 없었다.

※ ※ ※

'안 되면 되게 해야 한다.'

바로 보고 뒤집어 봐도 그 수밖에 없었다.

모든 음식 장사가 그렇듯 식재료를 조달할 수 없는 상황에 이른다면 업종을 변경해야 한다.

그러나 동칠은 중국 음식을 만드는 것 말고는 다른 재주가 없었다.

결국 회의를 위해 그는 기사들을 소집했다.

회의 장소는 바로 홀. 테이블 2개를 붙여 만든 자리였다.

기사들의 얼굴과 체격을 찬찬히 뜯어보던 동칠이 율카스에게 물었다.

"꾸… 뭐랬지?"

"꾸뤼릭입니다."

"그래, 꾸뤼릭."

그 이름이 거론되니 일차로 기사들의 눈이 크게 떠졌다.

동칠 또한 놈이 위험하다는 걸 알아차렸으니 저 정도 놀람이야 당연하게 받아들이고서 뒷말을 이었다.

"그놈을 좀 잡았으면 좋겠는데……."

순간, 기사들의 얼굴은 사색이 되어버렸다. 급기야 보덴이 이의를 제기하기 시작했다.

"그게 어떤 놈인지 알고나 하는 말이오?"

"보고는 왔지."

이대로 두었다가는 정말 잡으러 가자고 할 것만 같아 평소엔 과묵하던 판테스까지 고개를 내저으며 만류에 끼어들었다.

"너무 위험한 일이오."

말은 않고 있지만 하만도 극구 제지하고 싶어 하는 눈치였다.

거센 반대에 부딪치자 동칠은 더 고심할 수밖에 없었.

그러나 주력 요리인 자장면에 돼지고기를 안 넣고 나갈 수는 없는 노릇!

동칠이 갈등하고 있는 사이에도 기사들은 서로 눈빛을 주고받으며 초조한 기색을 떨치지 못하더니, 기어이 판테스가 모두를 대표해 입을 열었다.

"솔직히 말하겠소. 우린 그리 유능한 기사가 못 되오. 율카스는 소드유저 하급의 경지일 뿐이고, 하만은 중급이오. 그나마 보덴이 상급이나, 내가 가세한다 해도 꾸뤼릭을 잡으리라는 보장이 없소. 자칫하다가는 애꿎은 목숨들만 잃게 될 거라는 얘기요."

일전에 아트만 남작에게서 들었던 부분이다.

아트만은 동칠에게 별 시시콜콜한 얘기까지 늘어놓았었는데, 거기에는 자신의 기사들의 경지에 관한 내용도 있었다.

그의 말에 따르자면 검술의 경지는 수련 기사를 제외하고 크게 세 가지로 나뉜다고 했다.

그 첫 단계가 초자연적인 힘인 마나를 느끼기 시작하고 운용하게 되는 소드유저이고, 두 번째 단계가 마나를 검기로 활용하는 소드익스퍼트, 세 번째 단계가 무형의 기를 유형화하여 오러 블레이드를 구사할 수 있는 소드마스터이다.

흔히들 육체를 극한으로 단련해 범인들의 신체 능력을 초월하면 마나를 느끼는 경지에 이르게 된다고 하지만, 그것은 잘못된 설이라고 한다.

앉은뱅이가 마나를 느끼는 것이 그 실례이며, 신체의 능력이 기사들에 비해 뒤처지는 마법사들이 마나를 사용하는 것도 같은 이치라는 것이다.

그러나 마나가 충만한 이 세계에서도 그를 느낄 수 있는 사람은 한정되어 있어, 검술과 마법을 익히려는 자들은 수를 헤아릴 수 없을 정도로 많은 데 비해 정작 마나를 느낄 수 있는 사람은 소수라고 했다.

덧붙여 아트만은 자랑스럽게 얘기했다.

소드유저만도 대단한 건데, 자신은 소드익스퍼트 초입에 다다른 기사까지 거느리고 있다면서 으스대던 그 모습이 아직 동칠의 눈에 선했다.

그 덕분에 이들에게 따로 설명을 듣지 않더라도 동칠은 소드익스퍼트 초입에 다다른 기사가 판테스임을 짐작할 수 있었다.

검술이나 마법을 힘의 원천으로 생각하는 녀석들이다.

동칠은 돌려 묻지 않고 단도직입적으로 물었다.

"놈을 잡으려면 어느 정도의 실력이 되어야 하지?"

"소드익스퍼트 중급은 되어야 한다고 들었소."

판테스의 대답은 소드유저 3명에 소드익스퍼트 초입에 다다른 한 명까지 합치더라도 소드익스퍼트 중급만 한 힘을 낼 수 없을지 모른다는 추론을 가능케 했다.

거기다 녀석을 잡다가 기사들이 다치기라도 하면 동칠도 손해다.

섣불리 결정을 내릴 수 없는 상황이었다.

'아무리 먹고사는 게 중요하다고 해도 저 녀석들한테 희생을 강요할 수는 없다. 내가 이 장사를 그만두는 한이 있더라도……'

미치지 않은, 지극히 정상적인 사람의 판단이었다.

태어날 때부터 이 세계에서 살아왔다면 몰라도, 나름 민주주의 국가에서 평범한 삶을 살아온 만큼 동칠의 인성은 그

꾸뤼릭을 사냥하다 • 85

리 막돼먹지 않았던 것이다.

하지만 동칠의 고뇌하는 모습을 본 기사들의 입장은 또 달랐다.

좋으나 싫으나 그는 현재 자신들의 주군!

주군이 위험한 일을 시킨다고 해서 마다하고 기피하는 것은 기사 된 도리가 아니었다.

저들끼리 속닥속닥 귀엣말을 주고받던 기사들은 무거운 낯빛을 떠올렸고, 그들을 대표한 판테스가 어렵게 결단을 내렸다.

"꼭 가야겠다면 가봅시다."

✷ ✷ ✷

동칠에게 계획이 없는 건 아니었다.

그 방편으로 그는 장터에 들러 꾸뤼릭을 가둘 만한 철장을 구매했다.

미끼는 돌처럼 딱딱한 빵이었다.

빵이 그러한 데에는 다 이유가 있었다.

이곳의 빵을 만드는데 쓰이는 원료는 밀가루가 아닌, 나무 껍질을 빻아 만든 가루와 거친 곡식 가루였던 것이다.

덕지덕지 빵을 끼운 도구는 손만 대도 베일 듯한 시퍼렇게 날이 선 칼이었다.

빵에 부은 탕수육 소스는 꾸뤼릭의 후각을 자극하기에 충분했던 모양이다.

목표 부근에 다가가 철장을 내려 두기도 전에 아까 동칠이 보았던 꾸뤼릭이 제 발로 찾아온 것이다.

먹이에 호감을 보이며 꾸뤼릭이 철장으로 다가가고 있다.

"어서 내리고 이쪽으로 빠져!"

동칠의 명령이 떨어지기 무섭게 판테스와 후임 기사들은 지지대를 이용해 어깨에 걸쳤던 철장을 내린 다음 재빨리 뒤로 물러섰다.

그러나 대형이라던 철장은 막상 꾸뤼릭이 다가서고 나니 간당간당해 보였다.

생각했던 것보다 녀석이 더 거대했음이다.

꾸뤼릭은 탕수육 소스 맛 좀 보겠다고 좁은 철장 안을 비집고 들어왔다.

그리고 조마조마해하던 동칠이 한시름 놓을 때쯤 일이 터졌다.

"껴, 꼈다!"

보덴의 외침처럼 꾸뤼릭은 상반신을 들이밀기는 했지만, 펑퍼짐한 궁둥짝과 뒷다리는 차마 철장 안으로 들어가지 못했다.

꾸뤼릭의 식사로 인해 철장은 들썩들썩 거렸다.

빵은 순식간에 줄어들었고, 야심차게 준비했던 날이 선 칼도 평범한 고철덩이로 변해가고 있었다.

"덮칩시다~!"

그것은 동칠도 판테스도 아닌 율카스의 외침이었다.

이때가 기회라고 느껴졌던지 율카스는 주변도 살피지 않고 검끝에 혼신의 힘을 다해 철장 사이로 드러난 꾸뤼릭을 찔러갔다.

파각.

율카스의 검이 깊게는 아니지만 놈의 단단한 가죽을 뚫고 들어갔다.

이미 엎질러진 물이라고 판단했는지 나머지 세 기사들도 너 나 할 것 없이 공격을 감행했다.

그러자 찔리고 베여 상처를 입은 꾸뤼릭은 난동을 부리기 시작했다.

덜컹덜컹!

뀌이이익!

한낱 돼지의 울부짖음이 이리도 클 줄은 몰랐다.

고막이 떨어져 나갈 듯한 괴성에 동칠은 오만상을 찌푸렸다.

그보다 놀라운 건 그 큰 철장이 꾸뤼릭의 비대한 덩치와 함께 세트로 요동을 치고 있다는 점이다.

불현듯 동칠은 일이 잘못되고 있음을 느꼈다.

나름 튼튼할 것 같았던 철장이 엿가락처럼 구부러지고 있질 않은가!

악! 소리를 지를 틈도 없었다.

찰나에 꾸뤼릭에게 받혀 버린 율카스는 비명도 지르지 못한 채 허공으로 높이 떠올랐다가 땅바닥에 곤두박질을 쳤다.

털썩.

꾸위익!

죽었는지 살았는지, 어림잡아도 10미터는 떨어진 거리에 정신을 잃고 쓰러져 있는 율카스를 짓밟기라도 할 심산인지 꾸뤼릭은 저돌적으로 달려들었다.

순간, 눈에서 이채를 발하는가 싶더니 하만이 펄쩍 뛰어 꾸뤼릭의 목덜미를 베고 근방으로 굴렀다.

"허억."

동칠은 벌어진 입을 다물 수 없었다.

방금 하만이 뛰어오른 높이가 무려 3미터는 되어 보였기 때문이다.

올림픽에서 높이뛰기 세계신기록도 2미터 30센티미터가 되질 못한다.

장대라도 들었다면 모르겠지만 하만은 그저 땅을 박차고 뛰었을 뿐이다. 그 말인즉슨, 하만은 동칠이 알고 있던 60억 인간의 한계를 뛰어넘는 초인이라는 반증이었다.

하지만 그런 하만의 야심 찬 공격은 이렇다 할 성과를 내지 못했다.

가죽이 워낙 두껍고 단단해서인지 그가 베었던 꾸뤼릭의 목에서는 피 한 방울 흘러내리지 않았던 것이다.

오히려 피라면 녀석의 입에서 떨어지는 게 가장 많았다. 칼에 붙인 빵을 너무 과격하게 먹어댄 결과였다.

그래도 관심을 돌리는 데는 성공했는지, 꾸뤼릭은 앞발로 땅을 파헤쳐 내며 곧장이라도 하만에게 달려들 것이라고 경고하고 있었다.

거대한 덩치를 앞두고 당혹스러움을 감추지 못하던 하만에게 보덴이 소리쳤다.

"하만, 받아라!"

그에게서 하만이 받아 든 건 나무를 덧대 만든 방패였다.

손에 그거라도 쥐어지자 한시름 덜었는지, 하만은 비장한 각오를 다지며 꾸뤼릭을 향해 자신감을 내보였다.

"그래, 와라!"

그 즉시 꾸뤼릭은 방패를 앞세운 하만을 향해 달려들었다.

그 모습은 야생의 멧돼지 정도가 아니라 마치 성난 한 마리의 코뿔소 같았다.

두두두두.

자욱한 모래 먼지가 피어났지만, 동칠이 그 광경을 보는 데는 지장이 없었다.

투우 경기를 연상시키듯 하만은 아슬아슬하게 꾸뤼릭을

피하고 있었다.

그의 목적은 공격이 아니었다. 판테스와 보덴이 실신한 율카스를 안전한 지대로 옮기게끔 시간을 벌어주는 것이다.

과연 그사이 판테스와 보덴은 율카스를 조심스럽게 들고 와서 언덕 위쪽에 있는 동칠 근처에 내려 두었다.

"이 녀석 좀 살펴 주시오. 여긴 위험하니 혹시 이 녀석이 깨어나면 데리고 먼저 돌아가 주시오."

판테스가 말을 마치기도 전, 보덴은 하만을 돕기 위해 이미 꾸뤼릭에게 다가간 상태였다.

발에 모터라도 달지 않고는 결코 저런 속도를 낼 수 없다. 더군다나 맨몸도 아니고, 손에 무기까지 든 상태가 아닌가!

동칠의 상식이 깨어지는 순간이었다.

자신이 거느린 기사들이 범상치 않음을 알게 되자 저들을 대하는 동칠의 시선이 사뭇 조심스러워졌다.

판테스와 보덴이 합류함으로써 반격이 시작되었지만, 상황은 더 긴박하게 흘러갔다.

보덴이 꾸뤼릭의 뒷다리에 걸어차이고 하만마저 녀석의 박치기에 당해 방패와 함께 볼썽사납게 나뒹굴었다.

그럼에도 보덴과 하만은 막내인 율카스와는 격이 다르다는 걸 증명이라도 하려는지 땅에 검을 찍고 일어섰다.

수십 차례 공방이 오가며 꾸뤼릭이 흘린 피와 기사들의 선혈이 바닥에 낭자하게 흩뿌려졌다.

오른팔이 부러졌는지 하만은 죽을상을 지으면서도 왼손으로 검을 옮겨 들고는 다시 전투에 임하는 투혼을 발휘했다.

그걸 보는 동칠의 속도 편치 않았다.

비단 그뿐이 아닌 기사들 모두가 이미 피투성이였다.

자장면 만들자고 꼭 이렇게까지 해야 하는 건지 회의가 찾아들었다.

물론 꾸뤼릭을 잡으러 오기 전에는 이렇게 될 걸 전혀 예상하지 못했었다.

그 나름대로 철저한 준비를 해오지 않았던가!

순간, 보덴의 비명이 동칠을 섬뜩하게 만들었다.

"끄억!"

꾸뤼릭이 쓰러진 보덴을 육중한 다리로 짓밟고 지나간 것이다.

그 기세를 몰아 꾸뤼릭은 하만을 들이받았다.

"아아악!"

후임 기사들의 참혹한 몰골을 접한 판테스의 눈이 분노에 물들었다.

판테스는 고성을 지르며 저 큰 덩치를 두 동강이라도 내어버리겠다는 기세로 꾸뤼릭을 향해 달려갔다.

"이노옴!"

꾸짖음에 이어 지독한 살의를 머금은 판테스의 검이 궤적을 그렸다.

촤악!

검은 허공에 붉은 피를 뿌리고 있었다.

살집이 길게 벌어진 꾸뤼릭의 등허리에서 분수처럼 피가 튀었다.

꾸위이이익!

동칠은 녀석이 그걸로 쓰러질 것을 예상했으나 오산이었다.

날뛰던 꾸뤼릭은 한껏 폼을 잡고 있던 판테스를 어깨로 들이받고는 미친 듯이 자리를 벗어났다.

두두두두두.

녀석이 사라지고 남은 건 피투성이의 기사들과 어지럽게 널린 철장의 잔해들뿐이었다.

※ ※ ※

동칠은 입이 백 개라도 할 말이 없었다.

만신창이가 된 기사들에게 미안한 마음이 가득했기 때문이다.

해서, 동칠은 손수 아랫마을까지 뛰어가 붕대로 쓸 만한 천을 구해 와서는 자잘한 나뭇가지들을 주워 부러지고 다친 상처들을 지혈하고 덧대주었다.

전문가가 아니기에 그가 부목을 대준 것이나 상처에 감싼 붕대들은 어설프기 짝이 없었다.

마치 붕대가 느슨해진 미라를 연상시킨달까?

그럼에도 정신을 차린 기사들은 흔한 투정조차 뱉지 않았다.

오히려 그들은 동칠을 치켜세워주고 있었다.

"철장이 없었다면 우린 모두 죽었을 겁니다. 아쉽게 되었습니다. 손발이 조금만 더 잘 맞았다면 잡을 수 있었을 텐데……."

"나도 그렇게 생각한다."

부러진 팔에 부목을 대고 천을 이용해 목에 건 하만의 말에, 늑골을 다쳤는지 그 부분에 부목을 대고 붕대를 감은 보덴이 응수하고 나섰다.

그래도 멀쩡하게 말을 하는 걸 보면 다들 크게 다치지는 않은 모양이었다.

판테스는 다리를 다쳐 절뚝거렸으며, 율카스는 이마가 찢어져 얼굴에 칭칭 붕대를 감았다.

녀석을 못 잡은 걸 하만은 무척이나 아쉬워하고 있었다.

"이거 상처가 빨리 낫는다면 녀석을 쫓겠지만, 우리 상태가 호전될 때쯤이면 놈도 건강해지겠지요?"

"신전의 사제라도 찾아간다면 좋으련만……."

판테스의 말은 빨리 낫고자 하는 욕심에서 내뱉은 게 아니었다. 그 역시 그렇게 해서라도 꾸뤼릭을 잡고 싶었던 것이다.

 꾸뤼릭을 잡는다면 동칠에게도 득이 되지만 자신을 포함한 기사들에게도 굉장한 성취감을 안겨 줄 터였다.

 통 모르겠는 말이라 동칠이 의문을 제기했다.

 "사제를 찾아간다니?"

 "사제들의 치유의 은총이라면 하루 만에 거뜬하게 나을 수 있잖소."

 판테스의 설명은 동칠에게 놀라움으로 다가왔다.

 오늘 기사들의 다친 정도는 의학 방면에서 얼뜨기인 동칠이 어림잡아도 전치 4주는 나올 듯한데, 하루 만에 낫는다니…….

 하지만 꼭 자신이 이곳 사람이 아니라는 티를 낼 필요는 없었다. 벌써 이 세계에 온 지 한 달 가까이나 되었으니 말이다.

 "이 부근에 신전이 있어?"

 동칠의 물음에 판테스는 그를 뚫어져라 응시했다.

 "정말 갈 생각이오?"

 "왜?

 "돈이 많이 들잖소. 당신한테 어느 정도의 돈이 있는지는 모르겠지만, 우리와 함께 장사를 해서 번 돈으로는 무리일 거요."

 무리라 하더라도 고쳐 줄 수 있다면 응당 그래야 했다.

악덕 업주였다면 모를까, 동칠은 밑바닥에서부터 굴러와 종업원들의 설움을 누구보다 잘 알았기 때문이다.

모자라면 더 벌어서 고쳐 주겠다는 심산으로 그는 재차 물었다.

"어느 정도나 드는데?"

"못해도 우리 한 사람당 칠 골드는 받아먹지 않겠소? 환자 상태에 따라 더 받기도 할 테고……."

말하는 투로 봐서는 사제들은 꽤나 돈을 밝힌다는 뉘앙스가 풍겼다.

동칠은 머리를 굴려 보았다.

'가만있자, 그럼 얼마를 벌어야 한다는 거야? 한 그릇에 사십 쿠퍼씩이니 열 그릇을 팔면 사 실버, 백 그릇을 팔면 사십 실버, 천 그릇을 팔아야 사 골드네?'

못해도 만 그릇 가까이 팔아야 기사들을 치료할 수 있다는 계산이 나온다.

그 돈이 너무 크게만 느껴지자 동칠의 마음 한구석에 간사함이 싹텄다.

'자연 치유가 되려면 어느 정도나 기다려야 하지?'

하지만 그건 어리석은 계산이었다.

기사들이 다친 상태면 여전히 장사는 못할 테고, 꾸뤼릭을 쫓는 일도 무산이 될 것이니 말이다.

자장면 값을 턱없이 올려 받더라도 기사들을 고쳐 주는 게 우선이 되어야 했다.

일단은 남아 있는 재료들을 이용해, 최대한 돈을 벌어야 할 터.

'자장면은 얼마를 받아야 하지? 이대로라면 백 그릇도 만들지 못할 테니, 가격을 백 배를 올려야 하나?'

40쿠퍼인 자장면을 4골드에 판다고 가정해보니 동칠 자신도 어처구니가 없었다.

그건 4천 원 하는 자장면을 40만 원 받겠다는 소리와 같기 때문이다.

이 세계에는 자장면이 없다는 강점이 있기는 했지만, 와룡반점을 찾아오는 손님들이 그만한 돈을 가지고 있을지는 미지수였다.

재벌들만 끌어들이는 게 불가한 상황이라면 자장면의 값을 백 배나 올리는 건 역시나 무리일 듯싶었다.

작금, 동칠이 수중에 가지고 있는 돈이라고 해봐야 6골드 남짓······.

그렇다고 짬뽕을 팔 수도 없는 노릇이었다.

나름 서늘한 곳에 보관을 했다고는 하나 짬뽕의 주요 재료들인 해물들은 쉬어버린 지 오래다.

그리하여 메뉴에서 빼버린 짬뽕이기에, 매출의 향상에는 일체 도움이 될 여건이 못 되었다.

생각을 거듭할수록 동칠의 머릿속은 점점 더 복잡해져만

갔다.

 상황이 좋지 않음은 비단 그뿐이 아니었다.

 언젠가는 가스도 떨어질 수 있다.

 그렇다고 장작을 패서 음식을 만든다는 어처구니없는 생각을 할 수도 없는 노릇이다. 중국 요리는 무엇보다 센 불이 중요하기 때문이다.

 '가스뿐만 아니라 식용유도 떨어질 거야. 전분도 마찬가지고… 탕수육을 튀길 밀가루 또한……'

 골치 아픈 일이었다.

 이 세계에서 장사를 계속하는 게 가능하기나 할지 동칠은 걱정이 앞섰다.

 앞길이 막막하게 느껴지자 어깨도 축 처졌다.

 고뇌하는 동칠의 기분을 살피기에만 바쁜 기사들을 대표해 판테스가 애써 밝은 표정을 짓고서 입을 열었다.

 "우린 신전에 가지 않아도 되오. 한번 겪어보았으니 다음엔 잘할 수 있을 것이외다. 회복이 되는 대로 다시 갑시다."

 죽을 고비를 넘기고서 그 위험한 놈을 찾아 또 가겠다고 한다. 대단한 각오가 있지 않고서야 결코 입에 담을 수 없는 말이었다.

 당연히 다음번에는 더 철저한 준비를 해서 갈 테지만, 그런다고 위험 요소들이 배제되는 건 아닐 터였다.

 동칠은 말이라도 고마워 눈물이 다 날 것만 같았다.

비록 바르게 맺어진 주종 관계가 아니었어도, 지금 이 순간엔 서로 간에 묘한 유대감이 싹트고 있었다.

※　※　※

동칠은 소리 없이 와룡반점을 빠져나갔다.
잠이 오지 않았다. 아니, 잠을 청할 수 없었다.
앞길에 대한 막막함 때문이었다.
누구보다 동칠은 꾸뤼릭이 심한 상처를 입었음을 알고 있었다.
처음부터 시작해 녀석이 내빼는 끝까지 상황을 지켜봤었지 않은가!
어쩌면 지금쯤 녀석은 지나친 출혈로 인해 죽었을 수도 있다.
'제발, 죽었기를…….'
그 바람을 안고 그곳으로 향하면서도 동칠은 만약의 사태에 대비해 율카스의 검을 들고 나왔다.
이처럼 그가 새벽같이 움직이는 데는 이유가 있었다.
분명 아침에 온다면 잠에서 깬 기사들도 따라나설 것이다.
어제 사지로 내보낸 것도 미안해 죽겠는데, 상처도 낫지 않은 녀석들을 또 데리고 갈 수는 없지 않은가!
동칠이 어제의 사투가 벌어졌던 곳에 다다랐을 때는 어느

덧 먼동이 터오고 있었다.

기상 시간은 중국집이 영업을 시작하기 한 시간 전인 8시로 맞춰져 있으니 기사들은 아직 일어날 리 만무했다.

밝아진 주변 덕분에 동칠은 어제의 상흔들을 어렵지 않게 발견할 수 있었다.

으레 상처 입은 짐승들이 그렇듯 동칠과 기사들이 노렸던 꾸뤼릭은 더 깊은 산중으로 숨어들었다.

녀석의 것으로 추측되는 핏자국으로 미뤄보아 알 수 있는 일이었다.

동칠은 조심스럽게 응고된 핏자국을 추적했다.

꺄오올~!

크워어어~!

저 멀리 괴상한 짐승들의 울부짖는 소리가 청각을 자극했다.

'침착하자, 침착해……'

심한 두려움에 동칠은 다리가 다 후들거렸다.

목표는 꾸뤼릭이지만, 여기는 야생의 상태나 다름없는 곳이니 다른 짐승들이라고 살지 말라는 법이 없다.

괜한 놈들을 자극하지 않으려 동칠은 최대한 발소리를 죽였다.

길게 늘어진 핏물 자국. 꾸뤼릭의 것으로 추정되는 피의 양이 결코 적지 않았다.

그렇기에 동칠의 기대 또한 커져 갔다.

핏자국은 해가 잘 드는 땅굴까지 연결되어 있었고, 동칠은 촉각을 곤두세우고 가까이 다가갔다.

서너 평 남짓한 굴 안에는 꾸뤼릭이 눈을 감은 채 누워 있었는데, 녀석이 누운 자리에는 흥건한 핏물이 고여 있었다.

"주… 죽은 건가?"

놈은 미동도 하지 않는 것 같았지만, 동칠은 선뜻 녀석의 집 안으로 발을 들여놓을 수가 없었다.

물리기라도 하면 원치 않게 세상을 하직할 수가 있기 때문이다.

소심함이 꿈틀거려 손에 꼭 들어오는 돌멩이 하나를 주워 들었다.

딱!

용케도 동칠이 던진 돌멩이는 꾸뤼릭의 이마를 정통으로 때렸다.

살살 던진 것이지만 꽤 큰 소리가 났다.

저 정도라면 아무리 녀석이라도 충격을 받았을 법한데, 놈은 정말로 죽기라도 한 것인지 꿈쩍도 않았다.

두 번, 세 번을 던져도 마찬가지다.

침을 꼴깍 삼키며 동칠은 마침내 땅굴 안으로 들어섰다.

후두둑.

그가 밟은 흙과 모래들이 미끄러지며 난데없는 소음을 유발시켰다.

 지레 놀라 움직임을 멈췄지만, 여전히 꾸뤼릭은 움직이지 않는다.

 '죽었다!'

 확신에 찬 나머지 동칠의 눈매는 매서워졌다.

 여기에는 놈을 해치웠다는 일종의 성취감도 깃들어 있었지만 무엇보다 자신의 부하 직원, 아니 기사들을 그렇게 만들어버렸다는 데 대한 미움이 서려 있었다.

 우여곡절이 있었지만 결국 목적은 달성했다.

 그럼에도 꾸뤼릭 바로 앞에 서자 심장이 달음박질을 치고 숨소리가 거칠어졌다.

 혹시나 하는 생각에 두려운 것이다.

 '확실히 해치워야만 한다!'

 작심을 하고 동칠은 검집에서 검을 뽑아들었다.

 그러나 살아생전 검도 도장 한 번 다니지 않은 동칠인지라 그게 쉬울 리 없었다.

 영화에서처럼 멋스럽게 뽑기는커녕 허벅지에 검 자루를 단단히 고정시켜 놓아서야 긴 검을 뽑아들 수 있었으니.

 무겁다. 한 손으로 드는 데는 지장이 있을 정도로 말이다.

 해서, 두 손으로 검을 받쳐 든 후 동칠은 꾸뤼릭을 살폈다.

 '탄탄한 가죽을 찔러서는 안 된다. 살집이 벌어진 곳을 찾아야 한다.'

그가 큰 덩치 주위를 어슬렁거리며 마땅한 부분을 찾고 있을 무렵이었다.

이상한 낌새라도 느꼈던지, 꾸뤼릭의 눈꺼풀이 슬며시 열리고 있었다.

이를 미처 깨닫지 못한 동칠은 마침 크게 벌어진 상처를 찾고는 입가에 회심의 미소를 드리웠다.

그리곤 두 손으로 맞잡은 검을 아래로 향하게 한 후, 있는 힘을 다해 내리박았다.

푸확!

철썩.

꾸뤼릭의 몸통에서 튄 피가 뺨을 흠뻑 적셨다. 그에 불쾌함보다 의아함이 앞서는 동칠이었다.

'어라? 피가 멎지 않았나?'

불안함. 그것은 현실이 되었다.

꾸에에엑!

죽었다고 생각했던 꾸뤼릭이 발광하듯 몸을 뒤틀었다.

놈이 죽지 않고 살아 있었다는 데 경악한 나머지 동칠은 온몸의 털들이 쭈뼛쭈뼛 곤두섰다.

'여기서 생이 끝난단 말인가?'

동칠은 살고 싶었다. 아니, 살아야 했다.

벽에 똥칠할 때까지 살고자 했던 소망을 여기서 허무하게 접을 순 없었다.

포효하는 꾸뤄릭이 난동을 부리며 제집을 사정없이 망가뜨리고 있는 사이, 동칠은 혼신의 힘을 다해 땅굴을 기어 나왔다.

그러나 굴을 무사히 빠져나왔다고 해서 안도할 수는 없었다.

아니나 다를까, 난폭해진 꾸뤄릭이 땅거죽을 뒤집고 솟구쳐 맨땅으로 올라서자 거인이 발자국을 내딛듯 땅이 울렸다.

쿠웅!

꾸뤄릭의 도끼 같은 눈초리를 마주한 동칠은 심장이 덜커덕 내려앉는 것만 같았다.

"아… 안 돼……."

사지가 발발 떨리는 상황에서 한시바삐 벗어나고자 그는 차마 일어설 생각도 못하고 동물들처럼 네 발로 뛰었다.

그러면서 조마조마한 심정으로 고개를 돌려보았는데, 꾸뤄릭의 움직임이 심상치 않다.

그렇게 팔팔하던 놈이 지쳐 허덕이고 있는 것이다.

하지만 그조차 동칠에게는 더할 나위 없는 위협이 되었다.

'시간만 더 끈다면, 시간만 더 끈다면…….'

셀 수 없이 그 말만을 되새기며 동칠은 녀석에게서 달아나는 데 사력을 다했다.

그리고 잠깐의 여유가 생겨 두 손을 바닥에서 떼려는 순간이었다.

탁!

실수였다.

미처 발밑을 살피지 못한 동칠은 불룩 솟은 돌부리로 인해 균형을 잃은 채 꼬꾸라지고 있었다.

이대로 넘어져 상처가 쓸리는 것 따위는 문제가 아니었다. 저 덩치가 자신을 깔아뭉갤 것이라는 게 문제였다.

넘어지자마자 피해보겠다고 이를 악문 채 옆으로 굴렀지만, 꾸뤼릭의 육중한 앞발이 동칠의 팔을 밟아버렸다.

빠그작.

"으악!!"

불행은 거기서 끝이 아니었다.

곧 쓰러질 듯하면서도, 꾸뤼릭은 죽기 전 자신이 당한 것에 대한 분풀이라도 하려는지 성치도 않은 동칠의 몸을 자근자근 밟아댔다.

꿱익, 꾸이익!

고통이 한계를 넘어서자 동칠에게서는 헛바람 삼키는 소리만 흘러나왔다.

의식이 멀어지고 있기 때문일까? 어찌 된 일인지 고통이 더 이상 느껴지지 않았다.

사정없이 부서지고 으깨지는 뼈, 짓눌리고 터져 나가는 살들…….

동칠은 평생을 흐느적거려야만 하는 문어의 심정을 십분 이해할 수 있을 것 같았다.

 기왕에 틀려 버린 몸이다.

 선혈이 낭자하는 가운데서도 동칠은 세상을 저주하고 증오하기 시작했다.

 '내가 지은 죄가 그렇게 많아? 세상에, 죽기도 전에 이런 데로 보내지는 게 어디 있어?'

 신체 기능이 차차 정지해 가는지 눈물이 말라붙어버렸다.

 차마 한 맺힌 눈을 감지 못하고 동칠의 움직임이 그대로 멎었다.

 그리고 지나친 출혈로 수명이 다한 꾸뤼릭이 옆으로 쓰러지려는 바로 그 순간이었다.

 꾸뤼릭과 그 주변의 뿌옇게 일어나던 먼지는 물론이요, 돌가루까지 허공에 부유하고 있다.

 세상 전체가 멈춰버린 것이다.

 그때, 불현듯 두 실루엣이 모습을 드러냈다.

 "역시 무리였어."

 "뭔가를 줘야 해. 이자가 없으면 그것을 더 만들 수 없다."

 굳이 몸통을 드러낼 필요성을 못 느끼는지 허공에 나타난 건, 말을 주고받을 얼굴들뿐이었다.

 생김새들로 볼 때 이들은 일전 서울의 종로구 안국동에 위치해 있던 와룡반점을 이 세계로 옮겨 놓은 장본인들이었다.

형편없는 몰골로 변한 동칠을 측은하게 내려다보며 상심에 고개를 젓던 이가 물었다.

"아트모스, 이자에게 무얼 줘야 하지?"

"적응할 힘!"

대답을 들은 자의 팔이 곧 형체를 드러내더니 자신의 턱을 받친다.

"힘이라……. 어떤 힘을 주는 게 좋을까?"

간택이라도 바라는지 그의 머리 주위로 각기 색이 다른 5개의 빛이 둥실둥실 떠올랐다.

아트모스는 그 빛들에 흥미를 보이며 머릿속에 담아둔 말을 꺼냈다.

"누구나 가질 수 있는 그런 힘보다 특별한 힘이 좋겠다."

그에 손으로 턱을 괸 얼굴은 골몰히 생각에 잠겼다가 결정을 내렸는지 입을 열었다.

"그럼 이런 게 좋겠군."

그는 자신의 머리 주위에 떠 있던 빛들 중 황금색 빛을 향해 손을 내밀었다. 그러자 황금의 빛은 그 손에 이끌리듯 다가오더니 그의 의중을 헤아리고는 동칠에게 파고들었다.

이윽고 만신창이가 된 동칠의 몸이 요동을 치며 심하게 들썩거렸다.

그리고 움직임이 멎었을 땐 어느새 황금빛도 사라져 있었다.

아트모스가 의외라는 듯 중얼거렸다.

"염력이라……."

"쓸 수 있는 자들이 없어서 그렇지, 이만큼 효율적인 힘도 없을 걸세. 염력(念力), 염화력(念火力), 염수력(念水力)……."

염력!

물체를 생각과 의지로 끌어당기고 부릴 수 있는 힘이다.

염화력은 불을 조정할 수 있으며, 염수력은 물을 조정할 수 있다.

다루는 자에 의해 그 힘은 무궁무진하게 변화되어 쓰일 것이다.

아트모스는 그의 탁월한 결정에 내심 탄복하더니 어느새 드러낸 손을 펼쳤다.

"이젠 내가 손을 써야 할 차례로군."

순간, 그 손안에서 생겨난 깨알보다 작은 입자들이 뜻이라도 모은 것처럼 무리를 이뤄 모두가 동칠에게 파고들었다.

으드득! 뿌득! 두두둑!

입자들은 동칠의 몸을 빠르게 호전시키고 있었다.

형편없이 으깨지고 터진 육체가 멀쩡했던 상태로 되돌아가는 것이다.

곧 동칠은 찢어진 상처 하나 없이 말끔히 완치되었다.

땀 한 방울 흐르지 않았지만, 무언가 대단한 일이라도 해낸 것처럼 두 신의 얼굴엔 남다를 성취감이 어렸다.

무리도 아니었다.

둘은 항상 이 세계에 맛이 없다는 것에 상심을 금치 못하였으므로…….

그 때문에 주신이 창조한 세계에서 이곳으로 와룡반점을 옮겨 오질 않았던가!

그러니 이들에게 있어 동칠은 대단히 귀한 존재였다.

동칠에게 염력을 주었던 신은 기쁨을 걷어버리고 곧 무표정한 얼굴로 돌아갔다.

"이제 더 개입하지 말기로 하세."

계속 손을 댄다는 건 신 된 입장에서의 자존심 문제였다.

또한 손을 대지 않아도 잘 굴러간다는 인상을 심어주어야만 주신에게 능력을 인정받을 것이다.

그 점에 동의하는지 아트모스 역시 고개를 끄덕거렸다.

"그러세. 그렇잖아도 바빠서 앞으로 더 올 수 있을지도 의문이네."

용무를 마친 두 신은 그대로 형체를 지웠다.

어딘가로 그들이 떠나감과 동시에 멈췄던 시간이 움직이기 시작했다.

부유해 있던 돌가루들이 동칠의 얼굴로 후두둑 떨어졌고, 기우뚱거리던 꾸뤼릭이 옆으로 나자빠지며 대지가 신음을 토했다.

쿠웅!

"씨팔, 내가 뭔 죄냐고!"

동칠의 눈에서 말랐던 눈물이 흘러내렸고, 그 입에서는 험한 육두문자가 서슴없이 내뱉어지고 있었다.

사나이가 눈물로 추해지는 꼴이 싫어서 동칠은 팔뚝으로 눈가를 닦았다.

그러고 보니 참으로 이상한 일이었다. 손가락 하나 까딱할 수 없었는데 팔이 움직이니 말이다.

하지만 뚜렷한 자각은 없었다.

동칠은 무심코 일어났다.

흙과 피로 얼룩이 진 옷을 보니 또 한 차례 욕설이 튀어나왔다.

"썩을, 빨리지도 않겠네."

달라진 제 상태를 전혀 파악하지 못하고 하는 행동이었다.

짜증스럽게 투덜거리며 동칠은 와룡반점을 향해 돌아가려 하고 있었다.

거기에서 이상함이 느껴졌다.

"어?"

기억이 다르다.

분명 조금 전까지만 해도 만신창이가 된 몸에 좌절해 흐느껴 울지 않았던가!

그런데 왜 이렇게, 멀쩡하게 두 발로 걷고 있느냐는 얘기다.

상황에 맞게 고쳐 생각해보려 해도 기억하고 있는 내용이 달라질 리 없어, 자연히 동칠의 사고는 일방향으로 나갈 수밖에 없었다.

"염병, 나 죽은 거네?"

그는 지금 자신을 영혼이라 여기고 있었다. 그래서 하늘을 향해 두 팔을 뻗고 펄쩍 뛰었다.

죽은 자의 영혼은 날아갈 거라 평소 믿고 있던 탓이다.

하지만 어딜 가냐며 중력은 동칠을 무섭게 끌어당겼고, 그 결과 그는 땅에 두 발을 붙이고 말았다.

날지 않는다.

그런 자신에 낙담하게 되니 방정맞은 입에서 또 불평이 쏟아졌다.

"참 내, 뛰어가야 돼?"

달리려고 막상 폼을 잡다 보니 뭔가가 이상했다.

'가만, 어디로 가야 하는 거지?'

그가 들은 대로라면 죽은 사람은 하늘로 간다는 게 정설인데, 날 수가 없으니 목적지와 방향이 모호해지는 것이다.

순간, 의구심이 들어 뒤를 돌아보았다.

그곳엔 당연히 있으리라고 생각한 자신의 시체는 없고 꾸뤼릭만 나자빠져 있었다.

잠깐 녀석이 자신을 먹은 게 아닐까 란 끔찍한 상상을 했지만, 육신이 흔적도 남아 있지 않은 걸 보면 그건 아닌 모양이다.

 현실이 조금 전의 상황과 엇물리며 동칠은 괴리감에 파묻혔다.

 "도대체 뭐가 어떻게 된 거지?"

 의식도 없는 사이에 벌어진 일을 그가 어찌 알까?

 어떤 무엇보다 그는 자신의 정체성을 찾는 게 중요하다고 생각했다.

 발길을 돌리면서도 동칠은 돌아보기를 수차례나 반복했다. 그러나 등 한복판에 율카스의 검이 꽂힌 꾸뤼릭은 일체 움직일 기미도 보이지 않았다.

 만약 자신이 살아 있는 상태라 할지라도 동칠은 아까의 악몽이 재현될까 두려웠다.

 또 저놈이 죽었다 한들 혼자서는 끌고 갈 수가 없다.

 정체성을 찾고 그 후의 목표를 잡기 위해 동칠은 와룡반점으로 돌아갔다.

 인생무상을 깨달으며 터덜터덜 걸어오는 동칠을 본 판테스가 다소 흥분한 목소리로 물었다.
"아니, 어딜 갔다 오시오?"
 보덴도 한 소리를 보탰다.
"배고파 죽는 줄 알았잖소!"
 기사들 중 역시나 제일 원망스런 시선을 던지는 건 율카스였다.
 사실 동칠의 무사 귀환을 제일 바란 건 율카스라 봐도 과언이 아니었다.
 아침 한 끼 못 먹었다는 것보다 율카스는 자장면을 못 먹었다는 데 토라졌었다.

그리고 그 토라짐은 앞으로 영영 그걸 못 먹을지 모른다는 불안함으로 탈바꿈했다.

그가 무사히 돌아와야만 얻을 수 있는 행복…….

어쩌면 율카스는 동칠보다 자장면을 기다렸는지 모른다.

기사들의 반응을 찬찬히 뜯어보며 동칠은 묵묵히 사고만 했다.

'이놈들이 나를 보는 걸 보면 죽은 게 아니다. 그럼 어떻게 된 일이지? 내가 착각의 늪에라도 빠졌던 것일까?'

오는 도중 무수한 번민을 느끼고 해탈에 가까운 체험을 한 동칠이다.

그래서 살아 있다는 게 별로 기쁘지가 않았다.

살아 있는 자는 살아가야 한다.

생의 진리를 위해 동칠은 사고를 어지럽히는 기억을 떨치려 애썼다.

'잊자, 잊어…….'

포기가 빠르니 해야 할 일이 떠올랐다.

그러나 기사들의 꼴을 보자니 또 그게 가능할까 싶었다.

그렇다고 방법이 아예 없는 것도 아니었다. 통째로 옮겨오는 게 불가능한 거지, 해체해서 가져오는 데는 무리가 없을 테니까.

일단은 꾸뤼릭의 상태를 확인하는 게 우선이었다.

기사들의 말에는 일언반구도 않은 채, 동칠은 매정하게 주방으로 향하며 제 할 말만을 했다.

"걸을 수 있는 사람만 채비하고 따라와."

 동행에 예외는 없었다.

 다리를 다쳐 절뚝거리기는 했지만, 판테스는 다른 기사들처럼 연장을 챙기고 동칠의 길에 동참했다.

 동칠의 기분을 살피느라 기사들은 자장면을 먹지 못했다. 대신 가는 길에 말린 고기와 푸석푸석한 빵으로 허기를 채웠다.

 그 때문인지 막내인 율카스의 입은 한 주먹이나 나와 있었다.

 "내 검을 얘기도 없이 가져갔다는 겁니까?"

 기사들에게 있어 검은 무척이나 소중한 것이다.

 검은 주군을 보호하는 데 쓰일 뿐 아니라 자신의 능력을 인정받고, 나아가 명예에도 영향을 끼친다.

 기사가 타인에게 검을 빌려 주는 것은 결혼한 이가 마누라를 빌려 주는 이치와 다를 바 없다.

 율카스를 포함한 이 대륙의 수많은 기사들은 그렇게 생각하고 있었다.

 그런 소중한 검을 허락도 없이 가져가 현장에 놓고 왔다는 건 율카스의 비위를 충분히 상하게 할 만했다.

 게다가 매끼 주겠다던 자장면까지 주지 않으니 단단히

토라질 수밖에…….

 그럼에도 동칠은 율카스의 기분을 살펴 줄 수 없었다. 머릿속이 온통 꾸뤼릭이란 이름으로 가득 찼기 때문이다.

 혹, 꾸뤼릭이 죽었다 할지라도 도착하기 전 다른 짐승이 채갔을 수도 있다는 염려에 동칠의 발걸음은 조급해졌다.

 덕분에 판테스는 절뚝거리다가도 외발로 콩콩 뛰어야 했다.

 그리고 현장에 다다랐을 때, 동칠은 꾸뤼릭이 죽었을 거라는 확신이 들었다.

 그렇지 않고서야 저렇게 불편한 자세로 계속 누워 있지 않을 테니까.

 확인은 보덴이 대신했다.

 꼼짝 않는 꾸뤼릭에게 다가가 귀를 가져다대던 보덴은 굳은 얼굴로 동칠과 기사들을 향해 나지막하게 말했다.

 "죽었습니다."

 그 즉시, 판테스를 비롯한 기사들의 눈은 하염없이 치떠졌다.

 "주, 죽었다고?"

 하만의 되물음에 보덴은 묵묵히 고개를 끄덕였다.

 이어, 평정이 흩어진 판테스가 동칠에게 높낮이를 잃은 떨리는 음성으로 물었다.

 "도, 동칠… 당신이 저렇게 한 겁니까?"

부분 기억상실증 때문에 부인할 수도, 긍정할 수도 없는 판국. 솔직히 동칠은 얼떨떨할 따름이었다.

딱히 내어줄 답을 찾지 못해 침묵을 지키자 기사들은 저들끼리 오판을 하기 시작했다.

'내 짐작이 맞았다. 역시 힘을 숨기고 있었구나.'

'동칠이 꾸뤼릭을 사냥하라고 시켰던 건 우리의 힘을 시험해보기 위함이 아니었을까?'

'이런 무서운 사람이라니……'

'단신으로 꾸뤼릭을 죽였다는 건 소드익스퍼트 중급 이상이라는 이야기! 물론 꾸뤼릭이 상처를 입었다지만 동칠은 상처도 없다. 그럼 대체 그의 무력은 어느 정도란 말인가?'

생각은 한데로 귀결되었다.

동칠이 자신들로서는 도저히 감당 못할 무력을 지녔을 것이라는 쪽으로!

판테스와 보덴, 그리고 하만이 경악스런 시선으로 동칠을 보는 데 반해 율카스는 오면서 대들었던 게 있는지라 그를 함부로 쳐다볼 수 없었다.

괜한 오해를 받는 것 같아 동칠은 공치사를 기사들에게 돌렸다.

"너희가 다 잡아놓은 거였다. 내가 한 건 저것뿐이야."

소심한 손가락을 들어 꾸뤼릭을 찔렀던 율카스의 검을 가리켰음에도 기사들은 그렇게 믿지 않으려 했다.

"급소를 노려 단방에 죽이신 거지요."

어쩐 일인지 하만이 존댓말까지 하고 있다.

작금, 하만은 동칠이 자신에게 존대를 받을 자격이 있다고 여겼다.

흔히들 잘난 자들은 자신을 부풀리기 일쑤인데 동칠은 그렇지 않았다.

감히 헤아리기 힘들 정도의 힘을 가지고 있음에도 평민들에게조차 한없이 자신을 낮추고, 혜안을 가지고 있으며, 맺고 끊음이 분명하다.

그게 여태까지 하만이 관찰한 동칠이었다.

보덴도 하만의 언사를 문제 삼을 생각은 없었는지 동의한다는 듯 고개를 끄덕였다.

동칠은 그런 저들의 시선이 거북할 정도로 부담되고 민망스러웠지만, 더 떠들어봐야 믿지 않으려는 그들을 설득시키기란 어려워 보인다.

'시간이 지난 후, 차차 얘기하면 믿겠지.'란 판단하에 동칠은 꾸뤼릭을 해체하기 위해 그곳으로 걸음을 옮기려 했다.

바로 그때, 판테스가 손을 들어 동칠을 제지했다.

"우리가 하겠소."

"맞습니다. 저희가 해야지요."

보덴마저 동칠을 향해 넉살 좋게 존대를 하자 판테스는 감정 섞인 눈으로 그를 노려다보았다.

그러나 보덴은 그 눈길을 외면한 채 연장을 들고 꾸뤼릭에게로 향했다.

판테스는 느낄 수 있었다.

이제는 자신을 제외한 기사들 모두가 동칠을 주군으로 인정하기 시작했다는 것을.

또한 어쩌면 주군인 아크만 남작께서 돌아온 후에도 그들은 동칠을 따를 것이라는 걸!

하지만 가장 걱정이 되는 건 동칠의 강력한 카리스마 앞에 자신조차 흔들리고 있다는 점이었다.

❄ ❄ ❄

"크와와아."

손님방에서 들리는 코 고는 소리. 정말이지 사납게도 골고 있다.

오늘따라 유난히 크게 들리는 소리에 도저히 잠을 이룰 수 없어 동칠은 눈을 떴다.

나가 보니 짐작대로 원흉은 율카스였다.

"으이구, 저놈의 코를 틀어막아야 하는데……."

미운 나머지 동칠은 손가락을 집게 모양으로 구부려 율카스의 코를 조이는 시늉을 해 보였다.

그러자 잠시나마 율카스는 콧구멍을 벌름거렸고, 이윽고 코 고는 소리가 달라졌다.

"크흐… 크흐……."

미약하지만 변화가 있었다. 작게나마 율카스의 콧구멍이 조여진 것이다.

하지만 동칠의 시력은 어두컴컴한 방구석에 잠들어 있는 율카스의 콧구멍 평수를 잴 수 있을 만큼 좋질 못했다.

자연히 자신의 신상에 어떠한 변화가 생겼는지 감지하지 못한 채 그는 슬그머니 문밖으로 향했다.

공기가 서늘하다.

그보다 차가운 건 발을 딛고 있는 땅이었다.

장사를 시작하며 늦게나마 구덩이를 파놓았고, 많은 재료들을 그곳으로 이동시켰지만 이제는 그 공간만으로 부족할 지경이었다.

저장고를 늘려야 했다. 그리고 그 일은 오늘 당장 해야 한다.

어렵게 얻은 돼지, 아니 꾸뤼릭 고기를 며칠 사용도 못하고 썩힐 수는 없는 노릇인 것이다.

'저 정도면 몇 그릇이나 나올까? 모르긴 몰라도 만 그릇 이상은 나오겠지?'

동칠은 입가에 미소를 그렸다. 일단 자장면에 들어갈 고기 걱정은 덜어서였다.

저녁에 맛을 본바, 꾸뤼릭 고기는 돼지고기와 차이점을 느끼지 못할 정도로 맛이 흡사했다.

그러나 그 미소는 오래 머물지 못했다.

고기 걱정이야 덜었다지만 향후 닥칠 다른 문제들까지 여념에 두어야 하기 때문이다.

근방에 샘물이 있어 수도세를 안 내고도 물을 쓸 수 있다는 건 만족했지만 다른 걱정들도 태산이었다.

기사들이 일어나기까지 동칠은 앞쪽의 그루터기에 앉아 상념에 잠겼다.

'역시 제일 큰 문제는 그럼 가스가 되겠군. 모닥불로 자장을 만들면 어떻게 될까? 면발부터 팅팅 불겠지?'

해보지는 않았지만 분명 그렇게 될 것 같았다.

그럼 자연적으로 자장면의 맛은 떨어질 테고, 전처럼 손님을 끌어들일 수 없을는지도 모른다.

동칠은 세상의 온갖 지식들을 떠올려 보았다.

'도자기는 삼천 도에서 굽는다고 들었는데……. 화덕이라도 만들어야 하나?'

요리를 위한 화덕을 만든다는 자체가 동칠에게는 쉬운 문제가 아니었다.

풀리지도 않는 문제를 어떻게 해보려 머리만 끙끙 싸매다 보니 어느새 동이 터왔다.

기상 시간에 맞춰 일어난 기사들은 여느 날처럼 현관으로 나왔고, 상쾌한 공기를 들이마시던 도중 동칠의 고뇌에 찬 모습을 목격하게 되었다.

'동칠, 당신은 대체 얼마나 많은 생각을 하고 있소이까? 어쩔 땐 정말 생각에 파묻혀 사는 것 같소.'

꼭 다른 기사들의 생각도 그런 판테스의 생각만 했다.

이따금씩 동칠의 저런 모습은 기사들에게 절로 존경심을 싹트게 했다.

오늘만큼은 율카스도 아침 식사를 빨리 달라고 재촉할 생각이 없었다.

다행히 동칠이 이를 먼저 알아차렸다.

"일어들 났네. 아침부터 차려 줘야겠구나."

식사 후 바로 작업이 시작되었다.

단 한 사람의 얼굴에도 투정이 담겨 있지 않았다.

힘들거나 아픈 사람은 쉬라고 하는데도 기사들은 땀을 뻘뻘 흘리며 저장고를 만드는 일에 열중했다.

너비 4미터, 깊이 5미터를 파들어 간 다음 그 안으로 길게 굴을 파 나갔다.

워낙에 힘이 좋은 기사들이니만큼 부상을 입었어도 저장고를 만드는 일은 동칠의 예상보다 훨씬 일찍 끝났다.

이런 크기의 굴을 파내는 데 불과 나흘밖에 걸리지 않았던 것이다.

그렇게 만들어진 저장고는 뙤약볕이 내리쬐는 한낮에도 서늘해 냉장고가 따로 필요 없을 정도였다.

"하하, 앞으로 더울 땐 여기서 쉬어야겠습니다."

그냥 웃자고 하는 말인데도 동칠은 율카스를 흘끗 쏘아보았다. 혹, 여기가 농땡이를 피우는 장소로 변질될까 염려되었기 때문이다.

그 또한 종종 농땡이를 피워보았으니 기사들도 그럴 수 있겠다는 일반화의 오류를 범하고 있는 셈이다.

하지만 동칠의 염려와는 달리 기사들은 추호도 그럴 마음이 없었다.

"문은 언제 다시 엽니까?"

일이 고프기라도 하단 듯이 꺼낸 하만의 물음에 동칠은 불편한 내색을 했다.

"너희 몸이 그런데 어떻게 장사를 해?"

하지만 그런 건 일체 문제가 안 된다는 듯 보덴도 의욕을 내보였다.

"할 수 있습니다. 저희 일이 힘든 것도 아니잖습니까."

당연히 그건 문제가 안 되었다.

멀쩡하지 않은 몸으로도 나흘 만에 이만한 굴을 파버렸지 않은가!

사실 동칠이 꺼림칙한 부분은 손님들의 시선이었다.

다친 종업원들을 부리면 손님들이 주인의 더러운 인간성

을 욕할 것 같아서였다.

또한 인성이 메마르지 않은 관계로 양심도 허락지 않았다.

그러나 문을 계속 닫아둔다는 것도 문제였다.

간간이 오던 손님들도 발길이 뚝 끊긴 상태니 이러다간 찌라시, 아니 전단지를 다시 뿌려야 하는 상황이 벌어질지 모른다.

동칠은 결심을 확고히 했다.

"당분간 장사는 나 혼자 하겠다."

"예에?"

"너희는 나오지 마. 손이 모자라면 손님을 받지 않을 테니까. 나 혼자서 감당할 수 있을 정도만 받겠다."

다른 종업원들 같았다면 얼씨구나 좋다 하고 덩실덩실 어깨춤을 췄겠지만, 기사들은 아니었다.

그들은 혼자 일하겠다는 주군의 말을 도저히 납득하기 어려웠다.

그러려면 기사가 왜 있고, 하인이 왜 있겠는가!

"안 될 말씀입니다."

"보덴의 말이 옳습니다. 저희가 그걸 어떻게 받아들입니까!"

그런 보덴과 하만의 마음 씀씀이가 갸륵하고 기특해서 동칠은 흐뭇하게 웃었다.

"됐어. 적당히만 한대도. 너희는 방 안에서 나오지 마. 장사에 방해만 될 테니까."

율카스도 뭐라 한마디를 보태고 싶은 눈치였지만, 그 전에 보덴이 한 소릴 더 늘어놓았다.

"명을 거둬주십시오. 어떻게 방 안에서만 있으라고 하시는지……. 저희는 따분해서라도 못 견딥니다."

"그럼 안에서 고스톱이나 쳐라."

툭하고 뱉은 한마디에 기사들은 서로를 바라보며 의문을 늘어놓았다.

"고, 고스톱?"

고스톱은 여태 동칠이 한 번도 내어주질 않았던 말이어서 기사들은 그 단어가 생소해하기만 했다.

백 마디 말보다 한 번의 시범이 중요하리라.

"따라와봐."

그길로 동칠은 고스톱을 가르치기 위해 기사들을 데리고 손님방으로 향했다.

❋ ❋ ❋

율카스의 표정이 잔혹하기 그지없다.

"쓰리고!"

하만은 물론이고, 판테스의 얼굴은 그보다 더해 똥이라도 씹은 표정이다.

마지막 장까지 돌았음에도 판테스는 피박을 면할 수 없었다.

 계산만큼 상납을 하는 선임 기사들의 애먼 속도 몰라주고 율카스는 쾌재를 불렀다.

 "흐흐, 이게 얼마야?"

 현재 율카스가 걸은 돈이라고는 고작 72쿠퍼였지만, 그 돈은 빈털터리나 다름없는 지금의 기사들에게는 피 같은 돈이었다.

 동칠이 기사들에게 고스톱을 가르친 이래 벌써 보름이 흘렀다.

 그리고 고스톱이라는 건 판테스를 포함한 기사들에게 더없을 중독성으로 다가왔다.

 어젯밤만 해도 동칠이 잠 좀 자자며 소리를 지르지 않았던가.

 본래 고스톱이라는 게 패가 오가다 보면 언성이 높아지게 마련이다.

 그것은 위아래가 있는 기사들이라고 해서 예외는 아니었다.

 사실 동칠도 기사들이 고스톱에 이 정도로 빠져들 줄은 몰랐다. 오죽하면 괜히 가르쳤다는 생각까지 품었겠는가!

 율카스가 시시덕거리며 패를 섞는 동안, 느닷없이 장지문이 벌컥 열렸다.

동칠이었다.

"넌 그만 하고 일해."

"저요?"

"그래. 어제 보니까 상처도 다 나아가던데. 이제 붕대 벗어도 되잖아."

틀린 얘기가 아니었다.

율카스는 다른 기사들보다 회복이 빨라 열 바늘은 꿰맸어야 할 상처가 거의 다 아물어가고 있었다. 그럼에도 풀어도 될 붕대를 벗지 않은 이유는 바로 이 고스톱 때문이었다.

눈치가 10단인 동칠이 이를 모를 리 없었다.

동칠의 명령에 못 이겨 마지못해 율카스가 나갔을 땐, 많은 사람들로 인해 홀 안이 북적거리고 있었다.

이런 줄도 모르고 놀겠다고 방에 박혀 있던 자신에게 슬그머니 화도 났다.

계산을 치르려는 손님이 대기하고 있어 카운터로 향하는 동칠을 보던 율카스는 재빨리 주방으로 가 필수품인 행주를 들고 섰다.

그 모습이 막 계산을 마치고 손님에게 인사를 한 동칠의 눈에 흡족하기 그지없었다.

그에 반해 앞쪽의 테이블에 앉은 자는 동칠의 눈살을 찌푸리게 만들고 있었다.

"음~"

검게 물든 면발을 감아올려 입에 넣고서 지그시 두 눈을 감으며 맛을 음미하는 사내…….

얼마나 살이 쪘으면 뱃살만 해도 넘쳐 흘러내릴 정도다.

지독하게 살이 쪘다는 것만도 보기 흉한데, 자장면 먹으면서 고상한 척하는 게 동칠에게는 여간 꼴 보기 싫은 게 아니었다.

'꼴을 보아하니 귀족 같은데, 우리 동네에서 그렇게 먹었어봐라. 미친놈 소리 듣기 딱 좋을 거다.'

바로 앞에 자신을 헐뜯는 사람이 있다는 것도 모른 채 그는 곁의 사내들에게 중얼거렸다.

"이건 역시 귀족에게나 어울리는 음식이다."

그 테이블에 앉은 이들은 3명. 하지만 시킨 음식은 딱 자장면 한 그릇이다.

그 또한 귀족이라는 특권 의식에 사로잡혀 있는 모양이었다.

성질 같아서는 확 내쫓아버리고 싶었지만, 동칠은 그럴 수 없었다.

다른 손님들에게 손님을 푸대접한다는 인상을 심어주고 싶지 않았던 까닭이다.

돌연 눈앞의 거북한 귀족이 식사를 하다 말고 두리번거렸다.

"주인, 어디 있나?"

외면하고 싶었지만 부르는데 어쩌랴. 동칠은 하는 수 없이 그 앞에 가 섰다.

"예."

귀족은 동칠을 아래위로 훑어보더니 다분히 호의적인 시선을 보냈다.

"자네가 이 집 주인인가?"

"네. 그런데요?"

주위 사람들의 귀가 있는데도 귀족은 거칠 것 없다는 듯 말을 했다.

"이 음식, 평민에게는 팔지 말게. 평민들이 먹을 음식이 아니야."

한편으로는 기분이 좋아지면서도 다른 한편으로는 불쾌했다.

음식을 높이 쳐주었다는 건 분명 자장면, 즉 자신의 요리 실력을 높게 쳐주었다는 말과 같다.

칭찬을 들었으니 자연히 기분은 좋아질 수밖에…….

반면에 불쾌한 감정은 동칠 자신이 서민적인 삶을 살아서 느끼는 것일지도 몰랐다.

돈이 궁한 동칠은 사실 그래도 상관없다고 생각했다.

매상만 책임져 준다면 자장면을 그에게만 팔 용의도 있었던 것이다.

그래서 묻는 질문이었다.

"매일 오실 겁니까?"

"매일? 나는 여기 오기 위해 바란타 왕국의 브라트만 영지에서 공간 이동을 했다네. 매일 올 수는 없지."

공간 이동이라는 말이 생소하긴 했지만, 입소문이 멀리까지 났다는 건 동칠에게 분명 좋은 소식이었다.

그러나 이런 뜨내기손님은 전혀 반갑지가 않았다.

테이블 하나를 떡하니 차지하고 자장면 하나만 시킨 것부터가 못마땅한데, 이래라저래라 요구까지 늘어놓고 있으니 짜증이 날 수밖에.

동칠이 시큰둥한 표정을 짓고 있자 그가 달콤한 말로 회유해왔다.

"그럼 내 전속 요리사로 일해줄 생각은 없는가? 자네가 얼마를 버는지 모르겠지만 그만큼의 보수는 챙겨 줄 수 있을 듯하네."

혹하는 말에 동칠의 귀는 솔깃해질 수밖에 없었다.

"전속 요리사요?"

"그렇지. 여기서처럼 고생을 안 해도 될 걸세. 자네는 내 식사만 책임져 주면 되네."

갈등이 있었지만, 동칠은 곧 고개를 내저었다.

"죄송합니다. 여기가 아니면 안 될 것 같습니다."

무척이나 아쉬워하는 표정이었지만, 눈앞의 귀족도 더 동칠을 붙들지는 않았다.

"자네 마음이 그렇다면 어쩔 수 없지. 쩝, 매일 먹지 못하게 되어 아쉽군. 그래도 생각이 바뀌면 브라트만의 나 제이드 자작을 찾아오게. 최고의 대우를 해줄 테니……."

그가 가고 난 후에도 동칠은 후회하지 않았다.

왜냐하면 이 와룡반점은 이제 그에게 고향 같은 곳이 되어 버렸기 때문이다.

그리운 과거가 떠올라 잠시 그 얼굴에 슬픔이 묻어났다.

그때는 왜 몰랐을까? 그 소소한 일들 하나하나가 행복이었다는 것을…….

* * *

홀 안이 시끄럽다. 그만큼 손님이 많다는 얘기다.

근래 들어 기사들 모두가 일에 투입되었다. 그런데도 주방에는 동칠을 제외한 일손 하나 없다.

"아니, 이 녀석들 다 뭣들 하고 있는 거야? 음식 나오는데 얼른얼른 내어가지 않고……."

아직 요리에서 손을 놓으면 안 되는 상태다.

하지만 미어터지는 주문을 위해 찰나의 시간이라도 앞당기려면 맞은편의 저 그릇을 이리로 가져와야만 한다.

'움직일 수는 없고…….'

급한 김에 동칠은 그 그릇을 향해 힘껏 손을 뻗었다.

따그락, 따그락.

순간, 손이 닿지 않았는데도 불구하고 그릇은 마치 힘을 받은 것처럼 흔들렸다.

계속해서 눈에 힘을 주고 팔을 부르르 떨자, 심하게 흔들리던 그릇이 중력의 장애를 벗어나 동칠의 손에 자석처럼 달라붙었다.

팍!

동칠은 느닷없이 허리를 젖혀 미친놈인 양 광소를 터트렸다.

"으하하하."

생소한 일은 아니었다.

슈발트켄 아트모스로부터 회생을 받은 지 어언 3주가 흘렀을 때, 동칠은 자신의 몸에 생긴 이상을 간파했으니까.

그날의 매상을 확인하고, 장부 정리를 하려 볼펜을 찾아 손을 뻗었는데 닿지도 않은 볼펜이 꿈틀거린 것이 그 시초였다.

착시 현상이 아닐까 하고 대수롭지 않게 넘어갔지만, 그런 일은 이후에도 빈번하게 발생했다.

자신에게 특별한 능력이 생겼다는 걸 깨달은 동칠은 그저 재미있고 신기해서 쉬는 동안 자주 염력을 사용했는데, 그 때문인지 날이 갈수록 그 힘은 증폭되어 물 컵이나 그릇은 물론이고 심지어는 의자까지 끌어당기는 수준에 이르렀다.

그렇다고 해도 볼펜 이외의 특정한 물체를 정확하게 손아귀로 끌어당긴 건 이번이 처음이었다.

 '조금만 더 연습하면 이 힘을 자유자재로 쓸 수 있을 것도 같은데. 흐흐……'

 언제까지고 흐뭇해할 순 없는 노릇.

 막 그릇에 자장면을 옮겨 담고 동칠은 홀을 향해 소리쳤다.

 "누구 없어?"

 굳이 소리칠 필요는 없었다. 이미 보덴이 당도해 있었기 때문이다.

 그는 동칠이 손을 대지 않고도 그릇을 끌어당기던 조금 전의 광경을 목격하고는 너무도 놀란 나머지 목석처럼 굳어 있었는데, 그런 그에게 동칠은 꾸지람을 놓았다.

 "왜 멀뚱히 서 있어? 어서 자장면 가져가."

 "…예."

 보덴이 경직된 몸짓에서 헤어나 엉거주춤 탕수육이 담긴 그릇을 가져갈 무렵이었다.

 "동칠 형님!"

 율카스의 제지를 뿌리치고 주방 안으로 빠끔히 얼굴을 내미는 이…….

 틀림없는 삼식이었다!

동칠은 더 주문을 받지 않았다. 그리고 들어오려는 손님들까지 제지시켰다.

"오늘 장사는 끝났습니다. 죄송합니다."

그에 손님들은 하나같이 무척이나 아쉬워하며 발길을 돌렸다.

동칠에겐 장사도 장사지만 그보다 중요한 게 삼식이었다.

삼식은 그가 아끼던 동생인 동시에, 지금 처한 수수께끼 같은 상황을 풀어줄 열쇠가 되어줄지도 모른다.

동칠은 탕수육을 만들어 와 삼식이 앉은 테이블에 올린 후 녀석의 맞은편에 앉았다.

"어떻게 된 거야?"

"형님, 돈 많이 벌었다면서요? 에이, 벌었으면 같이 써야지."

전에 비해 상당히 거칠어진 말투다. 하지만 동칠은 반가움이 앞서 이를 문제 삼지 않았다.

"하하, 벌기는 무슨……. 그건 그렇고, 넌 어디 있었던 거냐?"

"나요? 일어나서 오토바이 타고 갔지. 여긴 이상한 곳이잖아. 좀 돌아다니다 보면 서울 갈 수 있을 줄 알았지."

"하하하하."

말투가 여전히 거슬리기는 했지만, 동칠은 '그동안 많이 힘들어서 그러겠거니.' 하고 넓은 아량으로 이해해주었다.

"삼식아, 너는 여기 어떻게 온 건지 알고 있냐?"
"내가 어떻게 알아? 빌어먹을!"

원치 않게 이 세상에 넘어온 게 아무리 화가 난다 해도 그렇지, 살갑게 물었는데 성질을 부리다니.

슬그머니 동칠의 기분이 나빠지려 하고 있었다.

이런 동칠의 기분 따위는 아랑곳 않고 삼식은 귀찮다는 듯 본론을 꺼내었다.

"그만 묻고, 우리 계산부터 합시다."
"계산? 무슨 계산?"
"형님 돈 벌었을 거 아니요. 나한테도 반 줘야지. 여태 번 거 반, 와룡반점 반."

기어이 동칠의 눈썹이 꿈틀거렸다.

돈이 필요해서 달라고 하면 허리띠를 졸라매고서라도 줄 생각이었다. 이렇게 건방진 태도를 내세우지만 않았다면 말이다.

"못 준다."

기어오르는 녀석이 마음에 들지 않아 동칠은 단호하게 거절했다. 녀석이 잘못을 깨닫고 뉘우치기 전까진 그럴 작정이었다.

거절 때문이었을까?

싸늘해진 시선으로 탕수육을 물끄러미 바라보던 삼식은 그릇에 손을 가져가더니 느릿하게 밀어내기 시작했다.

예상치 못한 행동에 동칠은 그저 지켜만 보고 있었는데, 어처구니없게도 탕수육은 플라스틱 그릇과 함께 바닥으로 자유낙하를 했다.

타그락, 탁탁, 탁.

작정을 하고 일부러 떨어뜨린 것이었다.

이 같은 일이 너무 의외였던지라 동칠은 할 말도 잊고 커진 눈으로 삼식을 바라만 봤다.

묻는 건 삼식이었다.

"이래도?"

"너… 지금 감히 형한테 협박을 하는 거냐?"

"흥, 저깟 탕수육 얼마나 한다고."

듣는 동칠은 분개하지 않을 수가 없었다. 그래도 손님들이 남아 있어 큰 소리를 지르지는 않았다.

대신에 경고는 똑똑히 했다.

"한 푼도 못 주니까 나가."

이에 삼식은 눈을 부라리며 기가 찰 소리를 내뱉었다.

"에이, 되게 치사하게 구네. 와룡반점이 형 거야? 형 거냐고!"

지금 삼식은 동칠의 면상에 대놓고 시비를 걸고 있는 게 맞았다.

3년 넘게 형, 동생 하며 지낸 사이!

가당치도 않은 삼식의 태도에 동칠이 더는 참지 못하고 잇

몸까지 드러낸 채 녀석의 멱살을 움켜쥐었다.

"너 이 자식, 안 보던 사이에 겁대가리를 상실했냐?"

그러나 삼식은 일체 기죽지 않고 동칠의 손을 매몰차게 뿌리친 후 짜증을 부렸다.

"에이, 옷 늘어지게 왜 이래."

더 이상은 참을 수 없어 동칠이 벌떡 일어섰다.

손님들 앞이고 뭐고, 이놈을 흠씬 두들겨 패야만 직성이 풀릴 것 같았다.

하지만 눈치 빠른 삼식이 그걸 용납할 리 없었다.

동칠의 손에 잡힐 것이 두려워 삼식은 빠르게 현관문으로 내달렸다.

"야, 이 새끼야! 거기 안 서?"

동칠이 소리치며 뒤를 쫓았지만, 어느새 삼식은 현관 앞에 세워놓은 50cc 배달용 오토바이에 올라 시동을 걸고 있었다.

부릉, 부르릉.

자장면 배달만 3년의 경력이라, 삼식은 아직 시동도 걸리지 않은 오토바이를 능수능란하게 끌고 나아가며 동칠의 손아귀를 요리조리 잘도 빠져나갔다.

그러나 동칠 역시 만만치 않았다.

삼식이 나아갈 방향을 예측해 그 뒤를 바짝 추격했는데 바로 그때, 삼식이 탄 오토바이의 시동이 걸렸다.

부아아앙.

산비탈을 내달리며 삼식은 비스듬히 고개를 돌려 동칠을 향해 소리쳤다.

"똑똑히 들어둬! 내가 이대로 물러설 거라 생각하면 오산이야."

❋ ❋ ❋

65일.

삼식이 이 세계에 온 후, 그만큼의 시간이 흘렀다.

넋 나간 사람처럼 입을 벌리고 붉은 달만 바라보던 삼식에게 사뿐한 발소리가 다가왔다.

하지만 들려오는 목소리는 여성의 것이었음에도 불구하고 상당히 거칠었다.

"야."

화들짝 놀란 삼식이 고개를 돌려 본다.

갸름한 턱선, 오똑한 콧날, 큰 눈은 그녀가 미인이라는 것을 증명해주고 있었지만 의외로 피부는 까무잡잡했다.

삼식이 짐작했던 대로 시모에르, 그녀인 것이다.

7월 11일, 자신이 엉뚱한 곳에 떨어졌다는 것을 알게 된 삼식은 부랴부랴 현관을 빠져나와 오토바이를 잡아끌고 도망을 쳤다. 그 또한 동칠과 마찬가지로 이를 악몽이라고만 치부했던 탓이다.

그러나 삼식은 얼마 못 가 산적들에게 발각되고 말았다.

산적들은 이상한 탈것을 가지고 있는 삼식에게 흥미를 보여 자신들의 소굴로 데리고 갔다.

삼식의 인생, 제2막이 바로 여기서 시작된 것이다.

허드렛일부터 시작해 말단 산적들의 수발을 드는 등 갖은 고초를 겪고 있을 때, 그를 구제해준 것이 바로 알카에르 산적 두목의 외동딸 시모에르였다.

그녀는 삼식에게 호감을 살 요량으로 약탈 품목 중 하나인 중고 트랜슬레이터를 선물했다.

따지고 보면 시모에르는 삼식이 이상한 탈것의 주인임을 알아채고 의도적으로 접근한 것이었다.

서울에 있을 때만 해도 삼식의 배달용 오토바이가 '야, 타!'의 용도로 쓰일 정도로 좋은 것은 못 되었지만 여기선 또 달랐다.

시모에르는 삼식의 오토바이를 자신의 애마 이상으로 아끼고 지극 정성을 다했다. 솔직히 삼식은 그녀에게 있어 예쁘고 신기하게 생긴 애마에 딸린 부록일 뿐이었다.

그렇게 둘은 애인 사이가 되었지만, 시모에르가 워낙 거칠었던 탓에 삼식은 기도 못 폈다.

오죽했으면 첫 키스도 당했을까!

그래도 삼식은 생애 처음으로 자신에게 관심을 가져준 시모에르를 사랑하게 되었다.

 물론 이에는 명예욕도 작용했다.

 두목의 사위가 된다면 언제고 자신도 두목이 될 수 있질 않겠는가!

 알카에르도 자신의 딸과 어울리는 삼식을 나쁘게 보지는 않았다. 삼식은 양심에 털이 난 자신의 부하들과는 차원이 달랐기 때문이다.

 하지만 부군이 되려면 삼식은 더 인정받아야만 했다.

 산적이 제일 좋아하는 것! 당연히 돈이다.

 그러나 산적 생활에 회의라도 느꼈는지 틈만 나면 알카에르 산적단의 두목 알카에르는 '합법적으로!'를 외쳤다.

 이즈음 삼식은 약탈을 위해 잠복하고 있다가 와룡반점의 소식을 접한다.

 그게 바로 동칠을 찾아가게 된 계기였다.

 그와 담판을 지을 때 좋게 얘기했어도 될 일을 그렇게 거칠게 나간 건 다 시모에르의 영향을 받아서였다.

 "똑 부러지게 얘기했어?"

 기차 화통을 삶아먹은 듯한 시모에르의 음성에 기가 죽은 나머지 삼식의 목소리는 오그라들었다.

 "응."

 "그래서 준대?"

"아, 아직……."

기대하던 대답을 못 들어서인지 시모에르의 눈매가 사납게 변했다.

삼식은 차마 그 눈초리를 마주할 수 없어 힘없이 고개를 떨어뜨렸다.

"뭐 하나 제대로 하는 게 없어. 저번 약탈 때도 그러더니, 그래가지고 밥 벌어먹고 살겠어?"

입이 열 개라도 할 말이 없었다.

삼식이 이렇게까지 기가 죽어 지내는 데는 또 한 가지의 이유가 있었다.

언젠가 오토바이의 기름마저 동이 난다면 그땐 자신은 내쳐질 것이다.

무슨 일이 있어도 그 전에는 시모에르와 약혼이라도 해야 했다.

그러려면 점수를 따는 것이 필수인데, 일이 뜻대로 굴러가는 게 하나도 없으니…….

"내가 직접 가?"

"아, 아니……."

부정은 하고 있지만 속마음 같아서는 삼식은 그래주길 바랐다. 장정 셋은 너끈히 쓰러뜨리는 시모에르가 간다면 분명 담판을 지어서 올 것이다.

부득불 우겨 가겠다고 해주길 바랐건만, 시모에르는 그러지 않았다.

그녀도 그간 든 정이 있어 삼식이 무언가를 해내주길 내심 바랐던 것이다.

시모에르는 한없이 처진 삼식의 어깨가 짠해 보였다.

괜히 너무 다그친 데 대해 미안함이라도 들었던지 그녀는 팩하고 고개를 돌렸다.

"한 번 더 기회를 줄게. 며칠 후면 카이난 마을로 향했던 원정대가 돌아올 거야. 아빠 몰래 몇 명을 붙여 줄 테니까 같이 가봐."

"저, 정말?"

"그래. 대신에 이번엔 확실해야 해. 할 수 있지?"

"꼭 해낼게. 꼭!"

기대도 못했던 말이다.

우람한 덩치의 산적들만 붙여 준다면 동칠 따위야 하나도 겁나지 않았다.

아아, 사랑 앞에 우정 없다고 했던가?

이 순간 삼식은 시모에르가 눈물 나도록 고마웠다.

그런 삼식의 내면에서는 동칠에 대한 복수심이 끝없이 타오르고 있었다.

❋   ❋   ❋

영업이 끝난 시각, 동칠이 기사들에게 흰 봉투를 내밀었다.

"받아라."

용도 모를 봉투를 받은 기사들은 의아할 뿐이었다.

"이게 뭡니까?"

"월급이다."

"워, 월급이요?"

"그래. 일한 날짜는 한 달이 조금 넘었지만 나도 사정이 있어 지금 줄 수밖에 없었다. 다음 달부터는 날짜 넘기지 않고 꼬박꼬박 챙겨 주마."

사장이 부하 직원에게 월급을 주는 건 당연한 일이다.

다들 너무도 열심히 일해주었기에, 와룡반점의 운용에 적자가 나더라도 동칠은 그러려고 마음을 먹었다.

뜻하지도 않은 걸 받게 되어서인지 기사들은 서로 눈치만을 살폈다.

아트만 남작의 사정이 안 좋아진 뒤부터 일체 돈이라는 걸 못 받아왔으니 자신들을 인수한 동칠 역시도 그러리라고 미리부터 받아들였던 탓이다.

저마다 어물쩍거리는 사이 판테스가 그걸 반납했다.

"나는 받지 않겠소. 이런 건 안 줘도 되오."

아트만 남작이 자신들을 잊어버린 게 아닌지에 관해 요 근래 판테스는 회의를 느껴 왔다.

이러다간 뚝심 있게 지조를 지켜 온 자신마저 그를 주군으로 인정해버릴 것만 같았던 것이다.

하지만 판테스가 내민 손을 동칠은 일언지하에 거절했다.

"그냥 받아. 그건 너희들이 땀 흘려 번 돈이니까."

깊이 생각하고 하는 말이 아닌데도 기사들에게는 그 말이 송곳처럼 머릿속에 파고들었다.

'땀 흘려 번 돈!'

육체적인 노동으로 번 돈. 그렇기에 이토록 값지게 느껴지는 것이었다.

기사들이 무언의 깨달음을 얻고 있는 사이, 동칠은 봇짐을 바리바리 싸들고 현관 앞에 서 있는 남자를 발견하고서 빠르게 그곳으로 걸음을 옮겨 갔다.

"오셨어요?"

콧수염이 좌우로 돌돌 말려 올라간 중년인은 동칠의 환대에 머쓱히 웃고서 땅에 봇짐을 내렸다.

"찾는 게 이거지?"

무색무취의 흰 가루. 봇짐에서 나온 건 분명 밀가루였다.

와룡반점에 없어서는 안 될 필수품이다.

머지않아 떨어질 밀가루 때문에 잠을 못 이루고 뒤척이던 동칠에게 찾아온 식재료 상인은 그야말로 최고의 손님이었다.

"맞습니다. 이건 얼마나 합니까?"

"십 실버. 그 정도는 줘야겠는데."

8킬로그램 남짓 되어 보이는 무게치고는 턱없이 비싼 가격이었다.

동칠의 계산대로라면 이 밀가루 가격은 1실버 60쿠퍼 정도여야 맞았다.

예상보다 6배 이상 비싼 가격을 제시하고 있어서 동칠은 눈을 동그랗게 뜨고 되물었다.

"십 실버요? 그렇게나 비싸요?"

"이 사람, 이거 구하는 게 어디 쉬운 줄 아나? 거기는 들어가는 사람만 들어갈 수 있어. 정령들의 허락 없이 들어갔다가는 누구를 막론하고 백골이 될 걸세."

환경의 차이를 무시할 수는 없었다.

하지만 그렇다 한들, 10실버는 너무 비싼 가격이 아닌가!

이제는 별수 없이 밀가루가 들어가는 모든 메뉴의 가격을 올려야 한다.

그동안 메뉴당 5쿠퍼나 10쿠퍼씩 올리려던 가격을 조정하지 않은 게 차라리 다행이었다. 만일 그랬다면 또 올려야 했을 테고, 자연히 손님들의 불만만 가중시켰을 것이다.

앞으로 자장면 가격을 얼마를 받아야 좋을지 몰라 동칠이 괴로운 셈을 하고 있는 동안, 식재료 상인은 남의 속도 몰라주고 재촉만 했다.

"살 건가, 안 살 건가?"

"사, 사야죠. 근데 너무 비쌉니다. 조금만 빼주세요."

"미안하네. 나도 남는 게 없어. 일전에 자네한테 여러 품목을 팔아서 이건 이윤도 남길 생각 없이 가져온 거야."

장사꾼 속을 모를 동칠이 아니었다.

와룡반점에 있을 때부터 식재료 매입은 그가 했기 때문이다.

'입에 침이라도 바르고 거짓말하면 밉지나 않지.'

동칠은 호주머니에서 10실버를 꺼내 미련 없이 건네주며 말했다.

"이번은 그 가격에 살 테니 다음엔 좀 싸게 해주세요. 너무 빡빡하게 구시면 다른 분을 알아볼 겁니다."

그 말이 위협이 되었나 보다.

식재료 상인은 찔끔하는 듯하더니 비굴한 낯빛까지 떠올리고 설레발을 쳤다.

"이 사람, 암만 그래도 나만큼 발이 넓은 사람은 찾기 힘들걸세. 알았네. 대신 다음에는 한 번에 많이 가져올 테니 다 사주게. 근데 그건 어디에 쓸 건가?"

식재료 상인이 정말 몰라서 묻나 싶었다. 물을 묻혀 반죽을 하면 훌륭한 음식 재료로 탈바꿈한다는 걸 말이다.

그러나 이처럼 쉬운 설명을 동칠은 굳이 늘어놓지 않았다.

소문이 나게 되면 이걸 사려는 사람들이 많아질 테고, 그렇게 되면 값이 더 올라갈 가능성이 농후하다.

동칠은 사람들이 모르는 건 철저히 비밀에 부치기로 했다.

"그건 말씀드릴 수 없네요."

식재료 상인도 굳이 붙들고 늘어지지는 않았다.

자고로 거래는 많이 터봐야 한다.

지켜보다가 아니면 갈아치우더라도, 지금은 다른 거래처도 없는 상황이라 동칠은 당분간 이 사람을 믿기로 했다.

동칠은 다음 필요한 재료들이 적힌 목록과 그림을 보여 주며 열심히 설명을 하고는 그를 떠나보냈다.

자린고비가 따로 없었다.

먼 길 왔으면 식사나 하고 갈 일이지, 그 돈이 아까운지 식재료 상인은 그냥 가버렸다.

때를 같이해 기사들이 어떤 작심이라도 한 것처럼 비장한 각오로 다가왔다.

'월급이 적었나?'

근래 들어서 저토록 진지한 모습을 본 적이 없어 동칠은 그렇게 생각했는데, 판테스가 기사들에게서 걷은 양피지를 건네었다.

양피지에는 굵은 글씨들이 적혀져 있었는데 당연히 그게 무슨 내용인지 동칠은 알 수 없었다.

"누가 해석해줄래?"

대륙엔 여러 언어가 존재한다.

자연히 기사들은 동칠이 이곳에서 통용되는 글을 모를 수 있으리라 여겼다.

보덴이 슬그머니 눈치를 살피다가 짤막히 대답했다.

"그것들은 저희의 충성 서약서입니다."

"충성 서약서?"

"그렇사옵니다."

허리까지 숙이며 답하는 보덴의 모습이 평상시와는 사뭇 달라 보인다.

그리고 진중한 표정으로 동칠의 세 보 앞까지 걸어 나오던 판테스가 돌연 땅에 한쪽 무릎을 꿇어 붙이더니 진심을 담아 소리쳤다.

"이 시간부로 저희는 동칠 님을 진정한 주군으로 받들 것을 하늘에 걸고 맹세하겠습니다!"

그를 필두로 기사들은 작당이나 한 것처럼 한쪽 무릎을 굽히며 복창했다.

"저희의 충정 어린 마음을 받아주시옵소서."

월급을 준 것에 감동이라도 했단 말인가? 동칠은 그저 얼떨떨한 기분이었다.

"일어서라. 오밤중에 왜들 이러냐?"

다가서서 일으키려 하자 그들은 하나같이 단호한 입장을 표명했다.

"주군께서 저희를 받아주시기 전까지는 못 일어납니다."

다들 힘은 억척같아서 동칠이 용을 써도 꿈쩍도 않는다.

사실은 동칠의 입장에서도 이제 제법 손발이 맞게 된 기사들을 거두는 건 분명 좋은 일이었다.
 일할 사람이 없으면 그 역시 골치니까.
 언제고 돌아올지 모르는 아크만 남작이 마음에 걸리긴 하지만, 그건 그때 가서 생각해볼 일.
 기사들의 충성 맹세가 어떠한 의미를 담고 있는지도 모른 채, 동칠은 그들의 마음을 일부 받아주고 말았다.
 "알았으니까 일어서라. 대신 주군이라고 부르지 마. 그냥 사장님이라고 불러."
 여태 존대는 했어도 기사들은 판테스의 이목을 생각해 동칠에게 호칭을 붙인 적이 없었다. 그러나 사장님이라는 호칭보다 그들은 주군이라는 호칭을 원해서, 동칠과 한참이나 실랑이가 벌어졌다.
 그렇게 옥신각신하면서도 밤은 깊어가고 있었다.

동칠은 피치 못하게 자장면 값을 2배로 올렸다.

그럼에도 와룡반점은 발 디딜 틈 없이 문전성시를 이뤘다.

평민들의 발걸음은 드물어졌지만 대신에 상인들이나 용병, 여행자들과 각계각층의 사람들이 많이 찾는 것이다.

오로지 음식 맛 하나로 동칠에게는 무시 못 할 인맥이 구축되고 있었다.

보통 땐 과묵하던 보덴이 하만에게 방정맞게 다가오더니 수군거렸다.

"저, 저 사람……."

"누군데 그래?"

"가, 가르데일 공······."

그 이름을 듣는 순간, 하만조차 평정을 잃어버렸는지 눈이 치떠졌다.

"정말이냐?"

자신의 눈을 추호도 의심치 않고 보덴은 세차게 고개를 끄덕였다.

가르데일!

검술의 최고 경지라는 소드마스터에 오른 대륙의 몇 안 되는 위인들 중 하나다.

올곧은 성미와 바른 성품으로 세인들의 존경을 한몸에 받는 그는 검술을 닦는 이들에게는 선망의 대상이었고, 악인들에겐 공포의 대명사였다.

보덴이나 하만은 그를 이렇게 가까이에서 보는 것만도 영광인데, 사장인 동칠은 그와 허물없이 대화하고 있었다.

"하하하하, 그렇습니까?"

가르데일은 카운터에 한쪽 팔을 걸치고 기대서서 호방한 성격만큼이나 호탕하게 웃었다.

반면에 동칠은 손짓을 섞어가며 제법 진지하게 그에게 말을 건네고 있어 누가 보더라도 두 사람의 친분은 무시할 수 없어 보였다.

하지만 사정은 달랐다.

"돈을 놓고 와서 그러니 사정 좀 봐주시지요. 체면도 있는

데……."

"아 글쎄, 댁이 누구건 간에 외상은 안 됩니다."

어느 순간부터 동칠은 외상 금지를 경영 전면에 내세웠다.

동네 손님이 아닌 뜨내기손님들이 많이 오가다 보니 와룡반점을 나서면 꼭 돌아온다는 보장이 없었던 것이다.

사실로 음식을 먹고 돈을 가져오지 않는 이들도 허다했으니, 동칠 입장에서는 그럴 수밖에 없었으리라.

한발도 물러서지 않는 주인의 모습에 가르데일은 진땀을 흘려야 했다.

또한 그는 지금 오가는 얘기들을 혹여나 누가 들을세라 조마조마해하는 눈치였다. 천하의 가르데일이 돈 몇 푼에 식당 주인과 설전을 벌였다는 소문이 퍼지기라도 하면 그동안 쌓아온 명망에 누가 될 것이기 때문이다.

보증금조로 그가 장신구 하나라도 풀 찰나, 현관문이 쾅하고 열렸다.

"박동칠~!"

들어선 이는 가르데일은 생판 모르는 사람이었지만 동칠은 너무도 잘 알고 있는 안면이었다.

바로 삼식이다.

안 그래도 버르장머리를 고쳐 주려 벼르고 있던 참이어서 동칠은 눈앞의 손님은 제쳐 두고 팔을 걷어붙이며 홀로 나섰다.

"잘 왔다. 아주 제 발로 기어왔구나."

정말이지 삼식은 뉘우치는 기색이라고는 눈곱만큼도 없었다. 만일 그랬다면 지금처럼 동칠의 이름 석 자를 싸가지 없이 부르지는 않았을 테니까!

미풍이 불어와 대치하고 선 동칠과 삼식의 머릿결을 흩날렸으며, 팽팽한 긴장감 속에 공기마저 숨을 죽였다.

무슨 자신감인지 삼식이 사악하게 웃으며 이빨을 보인다.

"나도 이렇게까지 하려던 생각은 아니었다고. 그러게 좋은 말로 할 때 들었어야지."

믿는 구석이 있다는 얘기이리라.

하지만 동칠은 눈알이 뒤집힌 마당이라 녀석의 사정까지 헤아려 볼 생각이 없었다.

"무릎 꿇고, 인마! 손금 없어질 때까지 싹싹 빌어라. 그게 네가 사는 길이다."

동칠이 한 발을 내디뎠다. 그 위세에 짓눌려 삼식은 한 발을 물러서고 말았다.

이 많은 사람들이 보는 앞에서 치욕을 당했다고 느꼈던지 삼식의 표정이 더없이 험상궂어졌다.

기세를 몰아 동칠은 야멸친 미소까지 곁들여 성큼성큼 다가가며 삼식을 압박해갔다.

차츰 거리가 줄어들 무렵, 삼식이 더는 버티지 못하고 크게 소리쳤다.

"얘들아!"

"네!"

순간, 굵직한 목소리들이 답하며 우람한 덩치의 장정 4명이 삼식의 앞으로 나타났다.

동칠이 아연해하고 있는 사이, 삼식은 회심의 미소를 지으며 독사같이 소리쳤다.

"쓸어버려!"

명령이 떨어지기 무섭게 그들은 물불 안 가리고 테이블을 들어 엎기 시작했다.

와장창! 쨍그랑!

난데없는 행패에 그 자리에 앉아 식사를 하던 손님들은 당혹할 수밖에 없었다.

"뭐, 뭐 하는 짓이요?"

소란의 근원인 장정들은 삼식이 시모에르에게 배정받아 데려온 산적들이었다.

거칠 것 없다는 듯, 항의하는 손님들에게 산적들은 눈에 힘을 주어 위협했고 손님들은 기가 죽어 물러났다.

엎질러진 음식들, 깨어지거나 나뒹구는 그릇들, 겁을 집어먹고 경황이 없어 계산도 못한 채 와룡반점을 부랴부랴 빠져나가는 손님들…….

그 중심에 과거의 철가방 삼식이 있었다.

분노를 견디다 못한 동칠의 눈매가 파르르 떨렸다.

"삼식이, 네가 오늘 죽고 싶어 환장을 한 게로구나."

예전부터 동칠은 한번 눈깔이 뒤집히면 뵈는 게 없었다.

오죽하면 원래 와룡반점의 사장이 그를 주방에 처박았겠는가!

동칠의 기분이 심하게 뒤틀어진 걸 알아챈 삼식이지만, 그는 자신이 데려온 덩치들을 철석같이 믿고 있었다.

'헹, 형이라고 별수 있을까 보냐?'

삼식이 그간 겪고 봐왔던 산적들은 분명 안국동의 동네 건달들 이상이었다.

힘도 억척같았을 뿐 아니라 성질도 그들보다 2배는 더 더러웠다.

까딱하다가는 동칠이 제 한몸 온전히 보전 못할까 싶어 동정심마저 생겼다.

약해지려는 마음을 삼식은 모질게 다잡았다.

'과거는 과거일 뿐, 나는 현재를 살아가야 한다. 사사로운 정에 연연해 말자!'

요즘처럼 막막한 현실에 처하지만 않았다면 이렇게까지 나오지는 않았을 것이다. 삼식은 그렇게 모든 걸 환경 탓으로 돌리며 자신의 행동을 정당화했고 합리화시켰다.

삼식의 사고가 이루어지고 있는 동안에도 행패는 계속되어 와룡반점은 아비규환을 방불케 했다.

시신들만 없었을 뿐이지, 자장면을 비롯한 여러 종류의 음식들과 발자국들로 더럽혀진 바닥은 그보다도 끔찍했다.

 다급히 뛰어나가던 손님 한 명은 미끄러운 탕수육 소스를 밟아 자빠지며 그만 코가 깨져 버렸다.

 피는 흥분을 시킨다 했던가?

 손님의 피를 본 동칠은 끓어오르는 분노를 담아 사나운 포효를 내질렀다.

 "오삼식!"

 그 외침으로 인해 와룡반점 안이 쩌렁쩌렁 울렸다.

 동칠의 분노는 삼식에게 맞춰져 있었다.

 저 녀석을 어찌지 못하고는 화병에 꼭 죽게 될 것만 같았다.

 그의 곁에 어느새 수족과도 같은 기사들이 다가와 있었다.

 "사장님, 물러서 계십시오. 저희가 처리하겠습니다."

 주군인 동칠은 이를 마다하지 않았다. 그의 목표는 오로지 삼식이었기 때문이다.

 "더 소란 피우지 말고 될 수 있으면 밖에서 해라."

 "충!"

 대답은 동시다발적인 것이었으나 최초의 행동은 하만으로부터 시작되었다.

 와룡반점을 망가뜨리는 데만 정신이 팔려 있는 산적들에게 하만이 쏜살같이 파고들며 두 덩치의 허리를 양팔에 끼고 현관 밖으로 질주했다.

비교적 키가 작은 율카스 또한 앞으로 도약하며 땅을 박차고 뛰어올라 '어?' 하고 놀라는 산적의 뒷덜미를 낚아채 현관 밖을 향해 부리나케 끌고 갔다.

남은 산적은 굳이 손을 쓸 필요가 없었다.

그는 고래고래 소리를 치며 동료들을 쫓아 밖으로 따라 나갔으니까.

보덴이 그 뒤를 맹렬하게 추격했고, 판테스가 차분한 발걸음으로 뒤를 따르더니 현관문을 닫았다.

삽시에 벌어진 일이라 삼식은 경황도 없었다.

"뭐, 뭐야?"

그 흔적이라도 쫓아보겠답시고 두리번거리는 삼식을 향해 동칠이 뚜벅뚜벅 걸어갔다.

"삼식아~"

그다지 크진 않은 음성이었지만 삼식의 두려움을 자극하기에는 충분했다.

목소리가 들려오는 쪽으로 고개를 돌리는 과정에서 삼식은 이곳에 자신과 동칠, 둘만 남게 되었다는 걸 깨달았다.

뒤늦게 고개를 돌린 탓에 동칠은 이미 바짝 다가온 상태였다.

바짝 얼어붙어 대답 않는 삼식을 동칠이 조곤한 목소리로 다그쳤다.

"삼식아, 형이 불렀으면 대답을 해야 할 거 아니냐."

"혀, 형……."

비 오는 날 먼지 나도록 두들겨 맞던 과거의 기억이 떠올라 삼식의 머릿속은 하얗게 질려 버렸다.

어쩌다 상황이 이렇게 된 것인지 알 수는 없었지만, 지금에 와서는 그게 중요한 게 아니었다.

밖의 산적들도, 자신이 처한 현실도, 시모에르도 떠오르지 않았다. 오로지 이 자리에서 도망쳐야겠다는 마음만이 가득했다.

비록 동칠이 코앞까지 다가와 있다고는 하나 방법이 없는 건 아니었다.

"에잇!"

삼식은 두 손으로 동칠을 힘껏 밀쳐낸 후, 현관문을 열고 나가기 위해 몸을 돌렸다.

그러나 동칠이 그걸 허락해줄 리 없었다.

두어 발자국 멀어졌지만 동칠은 구차하게 걸음을 옮기지 않고 쓰러진 의자 하나를 쏘아보며 허공에 오른손을 저었다.

그러자 지목한 의자가 꿈틀대는가 싶더니 갑자기 빠른 속도로 삼식을 향해 쇄도해갔다.

타악!

"으악!"

의자가 다리를 받아버리는 바람에 삼식은 외마디 비명과

함께 균형을 잃고 꼬꾸라졌다.

쓰러진 삼식을 오시하는 동칠의 입가엔 사악한 미소가 자리 잡고 있었다.

"시작해볼까?"

"으아악!"

와룡반점 안에서 처절한 비명 소리가 흘러나온다.

4명의 산적은 모두 뻗어 있었다.

늘어진 상태로 보아서는 잠을 자는 건지, 기절을 한 건지, 죽은 건지 알 수 없었다.

동칠의 기사들은 이제 이들에게는 볼일이 없는지 연달아 비명 소리가 터져 나오는 와룡반점의 안쪽을 향해 시선이 쏠려 있었다.

"주군께서는 꽤나 잔인한 면이 있으시군. 한 번에 때려눕히지 않으시고 저렇게 자근자근 밟으시는 걸 보면……."

판테스의 말에 하만이 맞장구를 쳤다.

"그러게 말입니다."

이때 끼어드는 목소리가 있었다.

"주군?"

그것이 판테스의 것도, 보뎬의 것도, 하만의 것도, 율카스의 것도 아닌 터라 저마다가 고개를 돌렸는데, 그곳에는 예상외의 인물이 서 있었다.

기사들 중 누구도 자신들 근처로 다가오는 인기척을 느끼지 못했기에 놀라움은 더욱 컸다.

"누구냐?"

분명 적의는 없었으매 율카스는 자신들에게 해가 될지 모르는 대상에 대해 싸울 태세를 갖추고 있었다.

경계를 하는 건 율카스 하나로 족하다고 느꼈던지, 아니면 쉬이 놀람이 가라앉지 않았던 탓인지 그를 뺀 나머지 기사들은 뒤에 선 백발의 사내를 멀거니 쳐다만 보고 있었다.

자신을 대하는 반응들이 의아했던지 가르데일이 물었다.

"왜들 그러나?"

그를 못 알아보는 기사들이 마찰을 일으켜 행여 물의라도 빚을까 두려웠던 나머지 보덴이 선수 쳐서 답했다.

"아, 아닙니다."

아니나 다를까, 잔뜩 경계심을 부풀리던 판테스가 보덴을 쳐다보는 눈길이 꼭 가르데일의 정체를 묻는 것만 같다.

기사들보다 낮은 지대에 서 있어서 가르데일은 여전히 뒷짐을 진 채 문 안의 상황을 보기 위해 까치발을 들고 기웃거렸다.

조금 전 물은 질문에 대한 대답을 강요하지는 않았지만 보덴은 스스럼없이 그가 품었던 의문까지 해소해주었다.

"네. 저분께서는 저희의 주군이십니다, 가르데일 공!"

그 이름이 거론되자 판테스와 율카스의 눈이 찢어져라 부릅떠졌다.

'가르데일 공?'

'이 사람이?'

가르데일은 보덴이나 지금 놀라는 기사들에게는 일체 눈길도 주지 않고 중얼거렸다.

"식당 주인이 주군이라……. 보아하니 자네들은 기사들인 것 같은데 좀 특이한 케이스군."

외모로 보아서는 하만이나 보덴과 연령대가 비슷해 보이지만, 하대를 하고 있음에도 기사들은 그걸 문제 삼지 않았다.

그가 나이로는 노년에 이르렀음을 들어서나마 알기 때문이다.

검술의 극한을 깨달으면 젊어질 수 있다고 했다.

이 세계에서 그러한 얘기는 근거 없이 떠도는 설이 아니라 진실이었다.

사정이 털어놓을 만큼 가볍지 않아 기사들이 입을 다물고 있음에 가르데일은 제멋대로 판단을 내렸다.

"그냥 식당 주인이 아니야. 범인이 아니었군. 자네들 주군 말일세. 대륙을 그렇게 떠돌아다녔지만 나도 처음 보는 힘이야."

투명한 현관문을 통해 동칠이 굳이 손을 더럽히지 않고도 염력을 구사해 주변의 집기들로 삼식을 구타하는 것을 보던 감상이었다.

그것은 기사들도 통감하고 있던 바였다.

동칠이 정체 모를 힘을 구사한다는 건 기사들도 목격했던 장면이었고, 그가 평범한 식당 주인이 아닐 것이라는 건 평소부터 느껴 왔었다.

늘 존경해 마지않던 사람이 자신들의 주군, 아니 사장님을 높이 사주고 있으니 기사들의 기분은 자연 좋아질 수밖에 없었다.

그때, 돌연 가르데일의 얼굴에 그늘이 졌다. 이를 이상히 여긴 보덴이 물었다.

"두고 온 물건이라도 있으신지……?"

입을 떼는 걸 가르데일은 심히도 망설였다. 그러다 어렵게, 아주 어렵게 말했다.

"누구 나 돈 좀 빌려 주게."

감히 과거에 빗댈 수 없을 정도로 삼식은 지독하게도 얻어맞았다.

따닥, 딱.

"끄아악!"

벌써 30분째 사방에서 날아드는 집기들.

의자나 물 컵, 그릇도 문제지만 숟가락과 젓가락도 무시할 수 없었다. 무게가 가벼우면 가벼울수록 더 빠른 속도로 날아들었으므로.

 이 지옥 같은 곳을 한시바삐 벗어나야 한다는 일념으로 삼식은 사력을 다해 현관문을 향해 낮은 포복을 했다.

 그러나 그조차 미끈거리는 탕수육 소스 때문에 쉽지가 않다.

 앞을 막아선 의자들도 문제였다. 이 장애물들을 모두 헤치고 나가야만 현관문에 도달할 수 있는 것이다.

 끊이지 않는 고통 속에서 삼식은 극심한 혼란에 빠져들었다.

 과연 이게 현실이 맞느냐에 관해서다.

 그렇지 않고서야 손도 대지 않은 집기들이 어떻게 날아들어 자신을 가격한단 말인가!

 '크윽, 내가 꿈을…….'

 딱.

 짤막한 상념마저 훼방 놓으려는 듯, 허공에서 날아든 물컵이 삼식의 머리통을 때리고 지나갔다.

 그게 치명적이었을까?

 더 버틸 여력이 없는지 삼식은 차가운 바닥에 손을 놓으며 의식의 끈도 같이 놓았다.

 이후에도 갖가지 물건들이 날아와 삼식을 때리며 소음이 유발됐지만, '나는 정말 뻗어 있어요.'라는 것을 증명이라도 하듯 삼식은 비명도 없이 꿈틀거리기만 했다.

동칠도 졸도해버린 삼식에게는 흥미가 없는지 그제야 매정한 손속을 거두고 현관문을 벌컥 열었다.
 네 기사들과 가르데일의 눈에 형편없는 몰골로 변한 삼식이 들어온다.
 그를 보는 다섯 사람 모두 너 나 할 것 없이 이맛살을 찌푸렸다.
 '저게 사람이야?'
 무리도 아니었다.
 성한 곳 하나 없이 시퍼렇게 붓고 멍이 든 상태에 갖가지 음식들로 온몸이 범벅된 삼식은, 지옥과도 같은 전쟁터에서 어렵게 살아 돌아온 여느 병사들의 모습보다도 끔찍했으니까.
 "끌어내."
 기사들은 명령을 내린 장본인이자 무섭게 돌변한 동칠의 눈 밖에 나지 않으려 바삐 서둘렀다.
 하지만 바닥이 워낙 미끈거리는 터라 삼식을 문밖으로 내가는 것은 쉽지가 않았다. 율카스가 밀고 하만이 끌어서야 만신창이가 된 그를 겨우 옮길 수 있었다.
 율카스와 하만은 삼식을 혼절해 있는 산적들 근처로 던져놓고서, 더러워진 식당 안을 청소하고 있는 판테스와 보덴을 도왔다.
 망가진 집기들을 한데 모아둔 후, 음식 찌꺼기를 쓸어내고

삼식이 • 169

대걸레질을 하는 모습들이 분주하기만 하다.

 동칠도 알아서 척척 일을 진행하는 기사들을 나무랄 생각은 없었다.

 자연히 현관 앞에는 동칠과 가르데일만 남게 되었다.

"이보게."

 삼식 때문에 식당 안이 난장판이 되었다. 더불어 오늘 매상도 하늘로 붕 떠버렸다.

 기분이 그리 좋지 못한 관계로 동칠은 싸늘한 눈을 돌려 자신을 부르는 가르데일을 보았다.

 한평생 살아오며 산전수전 다 겪은 가르데일이지만, 이 식당 주인은 그런 자신마저 주눅이 들게 만들고 있다.

 물론 가장 큰 문제는 지금 자신이 떳떳치 못하는 점이었지만.

 가르데일은 그것을 해결하고자 동칠에게, 보덴에게서 꾼 1실버를 내밀었다.

"이거, 오늘 내가 먹은 자장면 값일세."

 매상도 날아간 판국이라, 동칠에게는 그 1실버가 마뜩찮게 여겨질 뿐이다.

"됐어요."

 시큰둥한 대꾸에 가르데일의 입장은 난처해졌다.

"아니, 아까 그렇게 붙들 때는 언제고 이제 와서 그러나. 어서 받게."

안에 있던 손님들 모두가 도망친 상황에서도 곧 죽어도 계산하겠다는 손님이다.

동칠은 그의 양심만은 높게 샀다.

"받은 걸로 치죠."

"받은 걸로 치다니, 그런 소리가 어디 있나? 아까도 말했듯이 나 가르데일일세."

동칠도 잊지는 않았다.

그 이름 넉 자를 걸고 삼식이 오기 전까지 내내 실랑이를 벌이지 않았던가!

하지만 지금은 그가 주지 못해 안달이니 상황은 정반대다.

계속 마다했다가는 끝도 없이 귀찮게 굴 것만 같아 동칠은 그 돈을 받고 호주머니에서 거스름돈 20쿠퍼를 내주었다.

그제야 가르데일은 떳떳해졌고 홀가분할 수 있었다.

"조만간 다시 보세나."

만인에게 신용이 있는 사람임에도 불구하고 타박을 당한 게 억울해서라도 오지 않는 게 정상이거늘, 또 오겠다는 건 1실버로 인해 잉태된 다른 신용을 지키기 위해서였다.

물론 거기에는 그만의 계산도 숨어 있었다.

❋ ❋ ❋

우여곡절 끝에 본거지로 돌아오기는 했지만, 삼식은 우울함을 떨칠 수 없었다.

문득 오한이라도 돋는지 그는 웅크린 몸을 사시나무 떨듯 떨었다.

비단 차가워진 저녁 공기 탓이 아니었다. 끔찍했던 낮의 일이 떠올라서다.

'내가 정말 꿈을 꾸고 있는 걸까?'

그렇게 생각하는 것도 무리가 아니었다.

손도 대지 않은 물체가 날아다닌다는 건 삼식의 상식으로는 도저히 불가능한 일이었으니까.

무엇보다 이해가 안 되는 건 그런 불가사의한 일을 행한 대상이 동칠이었다는 점이다.

"…그놈은 분명 동칠 형의 탈을 쓴 악마다."

뇌리에 악마처럼 사악하게 입꼬리가 말려 올라간 동칠의 얼굴이 연상되자 삼식의 내면을 또다시 공포심이 지배했다.

그런 삼식을 보며 시모에르는 그 고운 얼굴을 찡그렸다.

그녀가 보는 삼식은 두 눈이 거무죽죽하게 멍이 들어 직경 5센티미터의 원을 그리고 있었으며, 입술은 퉁퉁 부어 음식이나 제대로 먹을 수 있을지 의문이 들 정도였다.

게다가 콧구멍에는 코피 좀 막아보겠다고 천까지 구겨 넣었기에 현재 그의 모습은 더없이 추했다.

그녀 또한 대강의 사정은 삼식과 함께 그곳으로 향했던 산적들에게 들어 알고 있었다.

그래도 4명이나 대동해 아무 성과도 없이 돌아왔다는 건 그녀를 충분히 실망시킬 만했다.

"내가 직접 해?"

삼식은 익히 시모에르의 난폭함을 알고 있었다. 하지만 그가 동칠이 아닌 악마라면 사정이 달라진다.

사랑하는 이를 잃지 않으려는 순수한 마음에서 삼식은 그녀의 발목을 붙들고 애걸복걸했다.

"하, 하지 마. 가면 안 돼. 사람이 가서는 안 될 곳이야."

원래 삼식이 겁이 많은 건 알고 있었지만 이 정도까지는 아니었기에 시모에르는 도대체 그곳에서 어떤 일이 벌어졌던 건지 궁금해졌다.

어떻게 당했는지 정황이라도 파악하려 그녀는 차갑게 식은 목소리로 물었다.

"말해봐. 어떤 일이 있었는지."

남자가 여자에게 어디 가서 얻어맞고 왔다는 얘기를 하는 것만큼 수치스러운 일도 없을 것이다. 삼식도 예외는 아니었다.

삼식이 부은 입술을 우물거리니 시모에르는 거칠게 멱살까지 쥐고 다그쳤다.

"말해보라고!"

그렇잖아도 삭신이 쑤시는 삼식이다. 이 상태에서 한 대 더 얻어맞았다가는 꼭 죽게 될 것 같았는지, 삼식은 시모에르의 강압적인 태도에 못 이겨 동칠에게 당했던 일을 이실직고했다.

물론 그 과정에서 과장이 보태졌다.

"뭐? 손도 대지 않았는데 칼이 날아와?"

삼식은 순해진 눈을 들어 그녀를 응시한 채 조용히 고개를 끄덕였다.

듣고 나니 또 보통 일이 아닌지라, 시모에르도 더 이상 감정만 앞세우지는 않았다.

상대를 잘 살펴야 한다는 건 그녀의 증조부가 작성했던 산적 수칙에도 적혀 있지 않았던가!

그렇다고 막대한 이윤을 창출하는 와룡반점을 포기할 수도 없었다.

방법을 떠올리려 시모에르는 골머리를 싸맸다.

오랜 시간 동안 고심하다 보니 꼭 그 방법이라는 게 아예 없는 건 아닌 것 같았다.

굳이 자신의 손에 피를 묻히란 법은 없는 것이다.

❈ ❈ ❈

또 하루의 영업이 끝난 시각, 앞마당을 쓸고 있던 보덴에게 가르데일이 찾아왔다.

보덴은 아직 그날 뒷머리를 긁적이며 자신이 그에게 농담

조로 했던 말을 기억한다.

'하하, 저는 가르데일 공께 제가 밥을 사드렸다는 것으로 만족합니다. 정 주시려거든 나중에 우연찮게 마주칠 때 그냥 일 실버어치의 검술을 가르쳐 주시면……'

일전에 동칠로부터 월급을 받았기에, 또 고스톱 말고는 따로 돈을 쓸 데가 없었기에 자신이 가장 존경하던 가르데일에게서 1실버를 돌려받을 생각도 없었다.
그래서 꺼낸 말이었는데, 가르데일은 정말 의외의 반응을 보였다.

'그러지.'

그 또한 웃는 낯으로 말해 보덴은 그걸 농담이라고만 치부했다.
하지만 내심 바라기도 해 꿈속에서라도 그와 마주칠 때면 한량없이 기뻤다. 그 정도 수준의 검사가 고작 1실버에 움직이리라고는 추호도 생각지 못한 탓이다.
"어르신, 저에게 무슨 볼일이라도……"
해서 묻는 말에 가르데일은 대수롭지 않게 대답했다.
"내가 약조했지 않나. 일 실버어치의 검술을 가르쳐 주겠다고 말일세."

"네에?"

그 말을 얼마나 믿기 힘든지 보덴은 눈을 치뜨고 말았다.

그한테 검술을 배운다는 건 적어도 보덴에게는 무한한 영광일진대, 본인 입으로 가르쳐 주겠다고 하고 있으니 놀랄 수밖에.

물론 실력이 월등한 검사라고 해서 꼭 잘 가르치리란 법은 없다.

하지만 상승 검술을 가진 사람의 손놀림을 볼 수 있다는 것만으로도 이 시대의 수많은 검사들은 큰 깨달음을 얻을 수 있으리라 여겼고, 보덴 또한 그 범주에서 벗어나지 못했다.

현실이 너무 꿈같게만 느껴졌는지 하염없이 자신의 볼 살만 꼬집어대고 있는 보덴의 손을 가르데일의 손이 멈추게 했다.

"그만 꼬집게. 살 찢어지겠네."

사실 가르데일이 보덴에게 검술을 가르쳐 주겠다는 건 허울 좋은 핑곗거리에 불과했다. 그 역시 이를 빌미로 뭔가를 얻어갈 셈이었다.

아무리 명성이 자자하다고는 하지만 그 또한 욕심이 있는 사람. 특히나 검술 욕심은 타인의 그것에 비할 바가 못 되었다.

가르데일은 쇳덩이도 잘라내는 오러 블레이드는 구사할 수 있지만, 그 이상의 경지에는 다다르지 못했다.

우습게도 그는 그것을 동칠에게서 배울 수 있을지도 모른다고 생각했다.

세인들의 입에서 전설처럼 떠도는…

나는 검, 즉 플라잉 소드를!

플라잉 소드란 손을 떠난 검이 주인의 의지를 따라 공중에서도 자유자재로 움직이는 기술을 일컫는다.

검술의 가장 큰 취약점은 먼 거리의 적을 공격할 수 없다는 점인데, 이 플라잉 소드를 익히면 그러한 단점까지 보완이 되니 그야말로 세상에 무서울 것이 없는 것이다.

이 와룡반점에 그다지 좋지 않은 기억이 있음에도 가르데일이 다시 찾아온 이유는 거기에 맞춰져 있었다.

"가만, 주인은 어디 있나?"

"저장고에 계실 겁니다."

"어딘가? 가세."

천연덕스럽게 등을 떠미는 가르데일이 보덴은 싫지 않다. 아니, 오히려 그와 이렇게 가깝다는 착각에 기분이 들뜨기까지 했다.

하지만 공과 사는 분명해야 했다.

저장고 앞까지 간 보덴은 가르데일에게 잠시 기다리라고 한 후, 안으로 들어가 동칠에게 이와 같은 사실을 알렸다.

"사장님, 손님 오셨습니다."

듣던 동칠이 의아해한다.

"손님?"

"예, 일전에 들르셨던 분입니다. 가르데일 공이라고 사장님도 아실 겁니다."

그 이름, 동칠은 귀에 못이 박히도록 들었다.

그가 간 후에도 기사들이 종종 그 이름을 입에 올리는 바람에 호기심을 내보인 적이 있다.

물론 대단한 검술을 가졌다는 부연 설명까지 듣기는 했지만, 그게 자신과 뭔 상관인가? 하여, 동칠은 대수롭지 않게 받아들였다.

야밤에 검술을 갈고닦는 기사들이야 기쁘게 맞아들일지 몰라도 그에게는 하등 상관없는 사람인 것이다.

응당 지금 역시 동칠은 그가 온 것을 반기지 않았다.

"왜 왔대?"

"저한테 검술을 가르쳐 주시겠다며……."

"응? 왜?"

동칠이 되묻자 보덴은 잠시 당황했다.

1실버에 얽힌 사연을 털어놓았다가는 가르데일 공에게 미움을 받고, 검술을 배우는 일도 수포로 돌아갈 수 있다.

주군 앞에서 거짓을 아뢰는 건 불손한 짓이었지만 작금, 보덴은 그럴 수밖에 없었다.

"잘 모르겠는데요."

보덴은 속으로 동칠까지 들먹여 가며 그 거짓말을 정당화했다.

'다 주군을 위해서입니다.'

평소 거짓말을 하지 않는 사람이 거짓말을 하게 되면 쉽게 태가 난다.

동칠도 보덴이 뭔가를 숨기고 있다는 생각을 했지만, 그를 따지고 나무랄 생각은 없었다.

영업시간이 끝났으니 응당 내일 오라고 해야 맞지만, 자신의 부하 직원들이 존경해 마지않는 사람이고 또 검술까지 가르쳐 주겠다는 호의를 보인 인물이니 무정하게 구는 건 옳지 않은 듯해 동칠은 허락을 내렸다.

"그래? 음식 먹을 거면 홀에서 기다리고, 날 보겠다면 오라고 그래."

"넵."

즉시 보덴은 허리를 90도로 굽혀 보이고는 발 빨리 그를 모시고 왔다.

그런데 아무래도 저 사람은 자신에게 용무가 있긴 있는 모양이다.

손님이 왔는데 일만 계속하고 있는 것도 예의가 아니어서 동칠은 음식물 보관 상태를 확인하기 위해 열어두었던 항아리 뚜껑들을 닫았다.

그리고 자타가 인정하는 고수답게 가르데일은 예리한 눈썰미로 그의 행동 하나하나에서 숨겨진 특별함을 찾고자 했다.

그러나 그가 하는 행동이란 옆에 놓인 뚜껑들을 닫는 것뿐.

그렇다고 아직 조급하게 생각할 건 없었다.

'배움에 시간이 문제더냐……'

한 해, 두 해, 아니 그 이상이 걸리더라도 가르데일은 찰거머리처럼 여기 붙어 있을 작정이었다.

그렇게 해서라도 깨달음을 얻으면 족하지 않겠는가! 그 때문에 만사를 팽개치고 이곳으로 향한 것이다.

"안이 좀 좁죠? 밖으로 나갈까요?"

"그러지."

동칠의 말에 마땅히 응대를 하고 가르데일이 고개를 돌릴 무렵이었다.

꼭 공명음이 들리는 듯해 뒤를 돌아보았더니 아니나 다를까, 머리 높이의 허공에서 무언가가 동칠을 따라 두둥실 떠오고 있었다.

그 무언가의 정체를 파악했을 때, 체면도 잊고 가르데일은 눈과 입을 크게 벌려 경악성을 토해냈다.

"허억!"

그것은 동칠이 잘 열리지 않던 장독대를 열기 위해 가져온 고철 검이었다.

 말로만 듣던 플라잉 소드를 눈앞의 검은 머리 이방인이 구사하고 있으니 어찌 놀라지 않을 수 있으랴.

 이때껏 지나온 세월과 쌓아온 명성만 아니었다면 가르데일은 무릎이라도 꿇고 가르침을 청하고픈 생각이었다.

 그러나 이제 와서는 차마 못할 짓! 도둑 공부만이 그가 가야 할 길이다.

 소스라치게 놀랐던 탓에 반향이 적지 않았다.

 태연히 자신을 보는 동칠은 그렇다 쳐도 보덴이라는 까마득한 후배 검사의 시선까지 느껴져, 창피함을 가리고자 가르데일은 헛기침을 했다.

 "허험, 지하라서 그런지 공기가 탁하군."

 놀라움을 가슴 고이 접어두고, 동칠의 눈치를 살피며 가르데일은 저장고를 빠져나갔다.

 보덴이 그 뒤를 이었고, 동칠이 가장 마지막으로 저장고에서 나왔다.

 가르데일은 낯을 가리는 편이 아니었다. 그에 땅을 밟는 즉시 용건을 꺼내었다.

 "실은 말일세. 자네가 괜찮다면 당분간 난 여기서 묵을까 하네. 자네도 알겠지만 검술은 하루 이틀 가르친다고 정도가 나아지는 게 아니지 않나……. 물론 음식 값은 매끼마다 꼬박꼬박 지불할 생각이네. 숙박비도 넉넉히 가져왔으니 염려 말게."

그날부터 눌러앉았어도 될 일을, 며칠 다녀온 이유는 바로 돈 때문이었다. 가르데일 딴에는 계산에 관해서는 철두철미한 동칠의 눈 밖에 나지 않으려 했음이다.

동칠도 그것까지 마다할 생각은 없는지 보덴에게 물었다.

"너희 2번 방 안 쓰지?"

"네."

와룡반점의 방은 총 넷. 그중 기사들이 자는 방은 2번 방의 건너편에 위치한 1번 방이었다.

안 쓴다고 하니 이 손님에게 내어줘도 상관없을 듯해 동칠은 보덴에게 말했다.

"거기로 안내해드려."

"네. 가르데일 공, 저를 따라오시지요."

흘끔흘끔 뒤를 돌아보며 보덴을 따라가는 가르데일을 보던 동칠은 고민에 빠졌다.

'숙박비? 받을까, 말까? 받으면 얼마를 받아야 하지?'

얼마를 묵어갈지는 모르지만 단골손님이 되겠다고 자처하는 동시에 아끼는 부하 직원에게 검술도 가르쳐 주겠다는 사람이다.

또한 저번에 끝까지 남아 있다가 계산을 하고 간 것에 비추어보면 인성도 나쁘진 않아 보였다.

그런 사람한테 너무 깐깐하게 구는 것도 좋지 않을 듯싶어 동칠은 숙박비를 받으려던 생각을 이내 접어버렸다.

"그래, 지켜보다 아니면 내쫓더라도 일단은 잘해주자. 보덴이 실력이 나아지면 앞으로 꾸뤼릭 사냥도 한결 쉬워지겠지."

분명 예전과는 다를 것이었다.

전에는 준비가 미흡했고, 경험도 없었다. 게다가 이제 동칠은 염력까지 구사할 수 있질 않은가!

상황이 나아졌으니 모색해보면 사냥 방법은 다양해질 터.

동칠은 그렇게 머지않은 미래에 다가올 꾸뤼릭 사냥에 대한 불안함을 떨치고 있었다.

  대륙에 중화요리를 하는 음식점은 와룡반점만이 아니었다. 여기, 티모르 마을 안에 또 하나의 반점이 들어서 있었다.

"자장면 팔아요~"

  목이 쉬어라 외쳐 대는 덩치 큰 호객꾼의 머리 위쪽으로 황룡반점이라는 간판이 달려 있었다.

  골재나 외형으로 볼 때 신축 건물이었으니 들어선 지 얼마 안 되는 모양이다.

  마침 그곳을 빠져나가던 남자 손님 둘이 있었는데, 그들은 불만 가득한 얼굴로 구시렁거렸다.

"퉤퉤, 뭐 이런 데가 다 있어? 이게 자장면이라고?"

"아휴, 더럽게 맛없네. 우리가 속아도 제대로 속았어. 앞으로 다시는 오나 봐라."

그 말에 호객꾼의 귀가 민감하게 반응했다.

그는 손님을 끌어들이는 본분도 망각했는지, 투덜거리며 황룡반점을 빠져나오던 두 손님을 잡아먹을 듯 노려보며 이죽거렸다.

"뭐가 어쩌고 어째?"

들어갈 때까지만 해도 살살거리던 호객꾼이 돌변한 모습을 보이니 손님들 역시 기분이 좋을 리 없었다.

"왜? 우리가 틀린 말 했소? 맛없는 걸 없다 그러지, 맛있다고 하오?"

해서는 안 될 말이었을까? 황룡반점의 호객꾼은 차마 성질을 못 누르고 손님의 멱살을 쥐고 들어올림으로써 감춰진 본성을 내보였다.

"뚫린 입이라고 함부로 지껄이는구나."

말 한마디 잘못했다가 급작스레 들려진 손님은 숨통이 막혀 호흡곤란을 호소했다.

"케, 케엑……"

행인들의 이목이 쏠리고 있다는 걸 느꼈던지 호객꾼은 들었던 손님을 땅바닥에 사납게 내동댕이쳤다.

쿠당탕.

넘어지는 과정에서 다리라도 접질렸는지 아픔을 호소하는

손님과 그를 부축해 일으키려는 손님에게 호객꾼의 성난 음성이 날아들었다.

"네놈들 면상, 잘 보아두마. 어디 가서 그 입 함부로 놀리면 가만 안 둘 테다. 맛없다는 소문이라도 내는 순간 네놈들은… 끼익!"

협박을 분명히 하고자 그는 엄지손가락으로 자신의 목을 긋는 시늉을 해 보였다.

그에 상종 못할 인간이라고 여겼는지 손님들은 뒤도 돌아보지 않고 사라져 버렸다.

사실 호객꾼에게 이 같은 일이 처음은 아니었다.

이 황룡반점을 찾은 대다수의 손님들은 들어올 때와 나갈 때의 표정이 달랐고, 그중 일부는 저들처럼 투덜거리거나 자신에게 이의까지 제기했다. 그만큼 음식 맛이 형편이 없었던 것이다.

오죽하면 호객 행위를 하는 자신마저도 끼니때마다 여기서 제공하는 음식이 아닌 말린 고기를 먹겠는가 말이다.

그런 면에서 볼 땐 그도 피해자였다.

"망할 삼식이, 음식을 저따위로 만들어서 사람 이 고생을 시키고."

호객꾼이 입에 담은 삼식은 알카에르 산적단의 바로 그 삼식이었다.

물론 호객꾼도 알카에르 산적단의 단원이었다.

이 황룡반점은 두목 알카에르가 음지가 아닌 양지에서 일을 하겠다는 신념하에 야심차게 시행한 사업들 중 하나였다.

 기필코 자장면 집을 대성시키겠다는 삼식의 호언에 차리긴 차렸지만, 막상 주방장인 삼식이 문제였다.

 서당 개 삼 년이면 풍월을 읊는다고, 그래도 와룡반점에서 3년 이상 배달을 해온 삼식이었으니 어깨 너머로 본 건 많았다.

 당연히 자장면쯤이야 만들 수는 있었지만, 재료가 문제였다.

 이곳에는 슈퍼에 가면 흔하게 찾을 수 있는 면도 없고, 밀가루도 없었다. 돼지고기는 물론이요, 자장면의 핵이라는 춘장 또한 없었다.

 삼식은 재수 없게도 가게를 차린 후에야 그것을 알게 되었다.

 이대로라면 조직 내 최고의 형벌이라는 화형에 처해질 수도 있다는 두려움에 떨며 그는 되는 대로 자장면을 만들었다.

 그렇게 해서 태어난 것이 자장면과 언뜻 보면 겉만 비슷한 삼식이표 자장면이었다.

 하지만 삼식이표 자장면은 맛과 향, 모양 모두 제대로 된 자장면이라 할 수 없었다.

삼식의 부족한 요리 실력도 문제지만, 자장면 안에 들어가는 재료부터가 달랐기 때문이다.
 그야말로 되는 대로였다.
 "대체 자장면에 뭘 넣은 거야? 우웨엑!"
 못 먹을 음식이라도 먹고 나온 건지 황룡반점 앞에서 토악질을 하려던 손님을 호객꾼이 혐오스런 눈초리로 쏘아보며 경고했다.
 "쏟는 순간, 여기가 네 무덤이 될 것이다."
 손님은 차마 그 경고를 묵살하지 못하고 종종걸음으로 사라져 버렸다.
 잦은 스트레스로 인해 호객꾼의 이마에 골이 깊게 패였다.
 "차라리 산적 생활이 낫다. 이건 정말 못할 짓이야."
 한시름 돌리기도 전에 안에서 또 손님이 나온다.
 다음의 반응을 예상하기라도 한 듯 호객꾼은 인상부터 험하게 구긴 채 휙 돌아섰다.
 얼핏 보아서는 다른 손님들과 차이점이 없는 것 같았지만, 알카에르 산적 생활 15년의 경력을 지닌 호객꾼은 본능적으로 위험을 감지하고 한 발 뒤로 물러섰다.
 '이자, 내 상대가 아니다……'
 그가 보는 사내의 얼굴에 표정이란 없었다.
 도끼처럼 치켜 올라간 눈은 맹수의 그것보다 사나워 보였고, 입술은 피를 적신 것처럼 붉었다. 또한 핏기 하나 없이 창백한 얼굴은 마치 얼음장 같았다.

바늘로 찔러도 피 한 방울 나오지 않을 듯한 냉혈한은 바로 이런 자를 일컫는 말이리라.

그는 호객꾼의 덩치에 비하면 초라할 정도로 호리호리했지만, 싸움은 덩치로 하는 게 아니었다.

이런 자가 불만을 표할 땐 피해 있어야 한다는 생각에 못 본 척 외면코자 등을 돌렸는데, 입구에 쳐진 발 사이로 시모에르의 목소리가 흘러나왔다.

"확실히 해야 해요."

"두말하면 잔소리."

대답은 호객꾼을 움츠러들게 만들었던 사내로부터였다.

범상치 않은 기운을 풍기는 사내는 시모에르가 고용한 어쌔신이었다.

어쌔신!

동칠과 삼식이 살던 지구에 킬러가 있다면 이 세계에는 어쌔신들이 있었다.

어쌔신들 또한 킬러와 마찬가지로 여러 가지 청부를 맡지만, 누군가를 암살하는 것이 주된 일거리였다.

일전에 그녀는 청부를 하기 위해 어쌔신 길드에 찾아갔는데 거의가 실력 미달이었다.

길드 관리인은 쓸 만한 어쌔신을 고용하려면 출장이 끝날 때까지 기다려야 한댔고, 그녀는 그러겠다고 했다.

그리고 마침내 오늘에서야 이곳에서 만남이 이뤄진 것이다.

시모에르는 암살을 목적으로 그를 고용했다.

대륙의 어쌔신은 실력과 신용도에 따라 통상 D급, C급, B급, A급, S급 이렇게 다섯 등급으로 나뉘는데, 시모에르가 고용한 어쌔신은 놀랍게도 A급이었다.

그의 몸값이 워낙에 비싼 관계로 시모에르는 어릴 적부터 알카에르에게서 받은 용돈까지 탈탈 털어야만 했다.

대단한 각오가 없이는 벌이지 못할 일이었다. 그만큼 시모에르는 그에게 걸고 있는 기대가 컸다.

제거의 대상으로 지목한 와룡반점의 악마만 없다면 삼식이 이 자장면 시장, 아니 중화요리 시장을 평정할 수 있을 거라는 계산에서였고, 후에 자신은 여왕 부럽지 않은 삶을 살게 되리란 환상에서 비롯된 행동이었다.

권력도 권력이지만 그 못지않은 게 돈이다.

작위는 있되 구차한 삶을 살고 있는 귀족들이 대륙에는 얼마나 많은가!

또한 대륙 곳곳에는 돈으로 작위를 살 수 있는 곳도 많았으니, 그녀가 세상사는 정확히 꿰차고 있는 셈이었다.

제국의 황제 같은 무소불위의 권력을 탐하지 않는다면야……

※　※　※

 한 번 왔다 간 손님은 다시는 안 와 고전을 면치 못하고 있는 황룡반점과는 다르게 와룡반점에는 바야흐로 배달의 시대가 열렸다.
 "별궁에 자장 다섯, 탕수육 하나!"
 판테스의 외침에 보덴은 발 빠르게 주방에 주문 사항을 알렸고, 동칠은 음식을 만들었다.
 하만은 대기하고 있다가 음식이 나오기 무섭게 랩으로 포장, 철가방에 넣고 현관문을 박차고 달려 나갔다.
 단 한 번의 배달에서도 하만의 각오는 대단했다.
 '음식이 뒤집어지는 건 방지해야 한다. 면발이 불기 전에 신속하게!'
 가파른 길을 내달리면서도 철가방이 심하게 흔들리지 않는 건 하만의 실력이 녹록치 않다는 증명이었다.
 산비탈을 내달리다 보니 하만의 눈에 익숙한 진이 들어왔다.
 일전에 리온 공국에서 설치해둔 마법진이다.
 마법진이 이곳에 자리하게 된 것은 채 5일이 되지 않았다.
 리온의 공왕은 여정 중 소문을 듣고 와룡반점에 들러 자장면을 맛보고 감동한 나머지, 유능한 마법사들로 하여금 근방에 마법진 설치를 명했다.

그러한즉, 이 철가방에 든 자장면 다섯 그릇과 탕수육 한 그릇은 리온의 왕족들에게 전하는 식사인 셈이다.

 하만이 마법진에 다다르기도 전에, 미리 판테스에게 주문이 적힌 메모를 전해주었던 마법사는 뭐가 그리 급한지 마법진 위에서 재촉을 했다.

 "오셨습니까? 어서 마법진 위에 올라서십시오. 출발합시다."

 하만이 굳은 각오를 내보이며 마법진 위에 올라서자, 마법사는 지그시 눈을 감고 마법 지팡이를 두 손으로 경건하게 들고는 준비해두었던 마법 주문을 영창했다.

 마법사가 마법을 펼치기에 앞서 주문을 외우는 이유는 고도의 정신 집중을 하기 위해서이기도 하지만, 그 주문 안에 고유의 능력이 감춰진 것을 알기 때문이다.

 "라뎀 카리프 마나로어! 리온의 수도로!"

 영창이 끝남과 동시에 마법사가 눈을 번쩍 뜨자 눈부신 빛이 두 사람을 휘감았고, 이윽고 그들은 감쪽같이 사라졌다.

 그런데 멀리서나마 그 광경을 유심히 지켜보고 있던 대상이 있었으니.

 "리온이라······."

 공국의 이름을 되뇌던 남자는 품에서 손바닥만 한 양피지 묶음으로 된 책자를 꺼내어 펼친 후 여백에 깨알 같은 글씨를 써넣었다.

〈리온과 연계. 음식 배달이 목적인 듯함. 하지만 실상은 파헤쳐 봐야 한다.〉

남자의 정체는 칼로스. 시모에르로부터 의뢰를 받은 어쌔신이었다.

그가 이렇게 메모를 하고 있는 이유는 간단했다.

호랑이 굴인지 두더지 굴인지 알아야 대책을 세울 게 아닌가!

사전 정보가 미흡했기에 그는 암살할 대상을 좀 더 파악해야 했다.

주변 인물, 배경, 그의 능력에 이르기까지…….

과연 책자를 덮자 표지에 '박동칠 보고서'라는 글귀가 있었다.

암살할 대상에 대한 주도면밀한 파악. 그 습관이 그가 A급 어쌔신이 되는 데 가장 큰 공헌을 했다.

문득 그는 책자를 넣고 쭈그리고 앉아 등짐 안에서 꾹꾹 누른 진흙덩이와 보랏빛 병에 든 포말을 꺼내었다.

일부의 진흙을 떼어내고 그 위에 포말을 부어 손으로 비벼대자 그의 피부색과 유사한 살점이 만들어졌다.

칼로스는 묽어진 진흙을 얼굴과 손, 목에 치덕치덕 발랐다. 그러자 당연히 변화가 일어났다.

날카로운 인상은 온데간데없고, 우직한 인상의 사내가 있을 뿐이다.

왼쪽으로 쏠려 길게 뻗은 머리카락도 사납게 헝클어대니 그를 알고 있던 누구라도 정체를 알아채지 못할 듯했다.

모든 준비를 마치고 칼로스는 대담하게 와룡반점을 향해 걸어가며 혼잣말로 중얼거렸다.

"이제 안을 살펴볼까?"

와룡반점은 현관부터 사람들로 줄이 길게 늘어서 있었다.

이런 광경은 처음이었던지 칼로스는 바로 현관으로 향하려는 우를 범하고 말았다.

곧 노성이 터져 나왔다.

"똑, 질서를 지켜야지. 젊은 사람이!"

지팡이를 짚고 있는 허리가 구부정한 노인네였다.

어처구니가 없었지만 여기서 문제를 일으킬 수는 없는 노릇이다.

여기저기에서 따가운 눈총들이 쏟아졌기에 칼로스는 별수 없이 툴툴거리며 줄의 맨 끝에 가서 섰다.

태양빛이 강렬해서 진흙을 바른 살에 땀까지 차니 짜증이 배가 되고 있었다.

'썩을, 줄어들지가 않잖아.'

대수롭지 않게 지나쳤지만 이제 보니 사람들이 만든 줄은 얼마나 길었는지 까마득할 정도다. 어쩌면 오늘 안에 입장하지 못할는지도 모른다.

당장 거치적거리는 가면을 벗어내고 줄에서 이탈하고픈 칼로스였다.

대기 시간이 길어지니 인내심이 한계에 다다르고 있다.

'난 자장면을 먹으러 온 게 아니란 말이다!'

목표는 당연히 자장면이 아니었다. 손님으로 위장해 내부를 둘러보며 정보를 수집하러 온 것이었기에 그는 꼭 자장면을 시킬 필요는 없었다.

하지만 사연을 털어놓고 자리를 양보해달라고 요구할 수도 없는 노릇…….

물론 내일 다시 찾아오는 방법도 있었다.

하지만 지금 못 참으면 하루에 가까운 시간이 지연된다. 애먼 땅에 발을 구르며 그는 성질을 눌렀다.

"참자, 참어."

이제껏 걸어온 길을 돌이켜 생각하니 못 참을 것도 아니었다. 말로는 형언하지 못할 숱한 고초까지 겪으며 살아온 자신이 아니던가!

인고의 시간을 보냄으로써 칼로스는 거의 문 앞에까지 다다랐다.

하지만 그의 속도 몰라주고 해는 내일을 기약하며 서산 너머로 지는 중이었다.

해와 작당이라도 했는지, 식당 종업원으로 보이는 사내가 안에서 나와 손뼉을 치며 소리쳤다.

"오늘 영업 끝났습니다. 죄송합니다, 여러분."

차례가 돌아오지 않아서인지 손님들은 무척이나 아쉬워하며 돌아섰다.

울컥하는 바람에 칼로스는 평정을 잊고 격양된 목소리로 항의했다.

"아니, 지금 끝내면 어쩌자는 거요?"

이에 하나씩 발길을 돌리는 손님들을 보다가 식당 종업원이 인심이나 쓴다는 듯 입을 열었다.

"정 드시고 싶으면 들어오시오. 내 사장님께 잘 말씀드려 보리다."

재수 없게도 식사를 마친 손님들마저 빠져나가던 상황이라, 칼로스는 차마 그 호의를 받아들일 수 없었다.

"아, 아니요. 내일 오겠소."

그럴 수밖에 없었다.

진흙을 바른 부위가 가려운 건 둘째 치고, 땀으로 이격된 부분들이 떨어져 나갈 수도 있다. 그렇다고 손을 대었다간 푹푹 눌릴 것이다.

식당 내부가 손님들로 꽉꽉 들어차 있다면 몰라도 한가한 다음에야 의심을 살 여지가 있다.

'씨발.'

목구멍까지 차오른 욕지거리를 참아 넘기고 칼로스는 돌아섰다.

가슴속에 벼른 칼날을 품고서…….

　　　　＊　＊　＊

 꼭두새벽같이 일어났는데도 불구하고 이른 아침부터 와룡반점 앞에는 줄이 늘어서 있었다.
 그래도 어제만큼 심각할 정도는 아니라서 칼로스는 한시름 놓을 수 있었다. 더군다나 오늘은 잘해보라는 듯 선선한 바람까지 불어주었다.
 어제의 묵었던 짜증이 내려가는 순간이다.
 그래도 품었던 앙심은 버리지 못했다.
 '날 이 고생을 시켜? 네놈은 편히 죽지는 못할 것이다.'
 어쌔신들에게 자비란 고통 없이 보내주는 것!
 물론 칼로스는 박동칠이라는 인간에게 그러한 자비를 베풀어줄 마음이라고는 손톱만큼도 없었다.
 조금 후, 영업의 시작을 알리는 듯 어제 칼로스에게 호의를 베풀어주려 했던 인물이 문을 활짝 열었다.
 그러자 기다렸다는 듯 손님들은 굶주린 승냥이처럼 우르르 안으로 들어갔다.
 한 번에 많은 사람이 들어가 버려 칼로스의 차례까지도 얼마 남지 않았다.
 '이제부터 시작이다.'

박동칠이라는 맹수가 살고 있을 와룡반점이라는 굴을 앞에 둔 칼로스는 남다른 각오를 되새겼다.

언제나 그래왔듯 최선을 다할 생각이었다.

드디어 입장!

칼로스는 최대한 눈에 안 띄려 소리 죽여 사람들 틈바구니로 파고들었다.

온통 특이한 것 천지였다.

그토록 대륙을 떠돌아다녔음에도 한 번도 못 본 것들이다. 테이블부터 의자, 건물의 인테리어나 돌바닥까지…….

칼로스와 다르게 손님들은 너 나 할 것 없이 걸신이 들렸는지 음식을 먹어치우느라 바빴다.

그러고 보니 저런 재질의 그릇이나 음식을 집는 도구 또한 처음 본 듯하다. 그 안에 담겨 있는 요상한 음식하며…….

막 식사를 끝낸 남자가 두 손으로 받잡고 둘러 마시던 그릇을 탕 내려 두며 엄지손가락을 세웠다.

"후하하하, 역시 자장면이 최고야!"

맞은편의 남자는 그에 대놓고 면박을 줬다.

"예끼, 아직 탕수육도 못 먹어본 사람이."

도무지 이해 불가한 상황이었던지 칼로스는 고개를 저었다.

마치 딴 세계에 온 듯한 착각마저 들고 있어 그는 경각심을 곤두세웠다.

'홀리지 말자. 제거 대상 박동칠을 알아내는 데만 주력해야 한다.'

프로다운 면모로 그는 바삐 돌아다니는 종업원들을 훑었다.

사고도 빠르게 이뤄졌다.

'저놈들이겠지? 의뢰자의 부하들을 한 방에 보냈다는 게……. 겉으로 봐서 실력은 어느 정도인지 모르지만 얽히면 곤란해지겠어. 되도록 박동칠이 혼자 있을 때를 노려야 한다.'

마냥 사색만 하고 있을 순 없었다. 종업원 한 명이 다가와 그에게 자리를 권했기 때문이다.

"손님, 비어 있는 자리가 있습니다. 이쪽으로 오시죠."

아직 목표를 확인하지 못했기에 안내에 따라 칼로스는 자리를 옮겨 갔다.

"어르신, 죄송하지만 앞자리에 손님 좀 받겠습니다."

앞에 앉은 자는 종업원의 말에 문제 될 것 없다는 듯 고개를 끄덕였다.

"주문은 무엇으로 하시겠습니까?"

메뉴판을 드밀고 묻는 말에 자리에 앉은 칼로스는 생각해 보지도 않고 간단히 답했다.

"자장면으로 하겠소."

곧 종업원이 물러갔고, 테이블에는 그와 원래 앉아 있던 손님으로 보이는 백발의 남자만이 남게 되었다.

돌연 백발의 남자가 입을 열었다.

"갑갑해 보이는군."

세상에 무료함이라도 느끼는지 턱을 괸 채 창을 보면서 하는 말이었다.

칼로스는 누구에게 하는 말인지도 모르겠어서 뜻 모를 그 말을 개의치 않으려 했다.

"뭐가 부끄러워 가리고 다니는가? 말 못할 사연이라도 있나?"

그러나 다음에 들리는 말로 인해 그는 기겁을 해야만 했다. 백발 남자는 마치 자신의 변장술을 알아차리기라도 한 듯 얘기를 하고 있었기 때문이다.

'어, 어떻게……'

장담컨대 칼로스는 이제껏 누구에게도 정체를 들킨 적이 없었다. 그렇다고 이자가 미치지 않고서야 창 너머의 무언가에 말을 걸고 있지도 않을 게 아닌가!

"하하, 무슨 말씀을 하시는 건지."

시치미를 뚝 떼자 불쑥 그가 고개를 돌렸다.

"그냥 혼잣말일세. 개의치 말게."

그렇다면 다행이다.

연기에 도가 텄는지 아니면 진실이 담겨서인지 칼로스는 정말 그게 혼잣말이었을지도 모른다고 생각했다.

하지만!

'어? 반말?'

연령대도 비슷해 보이는 자가 꼭 아랫사람 대하듯 꺼낸 말투라 신경에 거슬렸다.

그러나 이것도 참을성을 요하는 일이라 그는 애써 나빠지려는 기분을 다스렸다.

'참자. 나는 프로다. 사소한 일로 마찰을 일으켜 괜한 주목을 받을 순 없다. 또 저치는 행동거지에서 제법 연륜이 묻어나 보이니 나보다 연배일 수도 있다. 풋, 그러나 당신, 어디 가서 말조심하는 게 좋을 거야. 그러다가 쥐도 새도 모르게 죽는 수가 있으니.'

스스로를 그렇게 세뇌시키고 속으로나마 헐뜯어대니 마음이 한결 가벼워졌다.

이윽고 종업원이 자장면을 가져왔다.

"맛있게 드십시오."

눈앞의 음식을 보며 칼로스는 생각했다.

'황룡반점에서 본 것과는 영 다르군.'

그도 그럴 것이 와룡반점은 본가다.

거친 곡식 가루와 나무껍질을 빻아낸 가루에 물을 묻혀 대충 반죽을 해 억지로 만들어낸 면발과는 수준이 다른 것이다.

양념 또한 달랐다. 돼지고기도 아닌 들짐승 고기에다 춘장도 없어 시커먼 개죽을 소스로 얹은 삼식이표 자장면과는 엄연히 차별이 느껴졌다.

칼로스는 역한 냄새 때문에 그곳에서의 식사를 마다했다. 하지만 이 냄새는 그것과는 천양지차가 아닌가!

저절로 그릇에 손이 갔다.

먹는 방법 또한 주변 사람들을 살피니 그리 어렵지 않아 보였다.

식당 안의 손님들 거의 모두가 어설픈 젓가락질이라 처음 하는 칼로스의 젓가락질이라고 문제 될 건 없었다.

완벽주의자답게 칼로스는 비비고 또 비벼 양념이 고루 배게 하고는 면발 한 젓가락을 집어 입에 넣었다.

순간, 맛에 놀라 눈이 치떠지나 싶더니 손과 입이 빨라졌다.

후루루룩.

우물거리고 또 우물거리기를 반복하다 더 이상 음식이 입 안에 남아 있지 않게 되었을 때 그는 놀라고 말았다.

'내가 뭘 먹은 거지?'

포식한 자의 투덜거림이라고 하기에는 어이없는 말이다.

좋았던, 아니 행복하고 아련했던 첫사랑의 추억이라도 떠올리듯 칼로스는 심각하게 이맛살을 찌푸리고 조금 전의 맛을 음미해보려 애썼다.

그러나 지나간 맛이 느껴질 리 없다.

물론 기회가 없지는 않았다. 아직 그릇의 겉 부분에는 소량이나마 양념이 묻어 있었기 때문이다.

 괜한 주목을 받지 않으려 외면하려 했지만, 불가항력인지 자꾸 그릇이 눈에 밟힌다.

 또한 그릇에 붙어 있는 요망한 양념은 어서 자기를 맛보라는 듯 달콤하게 유혹하고 있다.

 그 유혹이 마녀의 유혹보다 더하다고 느껴졌는지 칼로스는 눈을 질끈 감고 소리쳤다.

 "치워주시오!"

 곧 종업원이 와서 그릇을 치웠다.

 그때서야 칼로스는 제 어리석음을 깨우쳤다. 테이블에 아무것도 남아 있지 않으니 눈치가 보이는 것이다.

 그냥 음식을 먹으러 온 손님이라면 철판 깔고 앉아 있거나 주문을 추가할 수 있지만, 자신은 주목을 끌어서는 안 되는 입장……

 칼로스는 낙심한 표정으로 일어섰다.

 '빌어먹을, 아직 알아낸 것도 없는데……. 박동칠이라는 그자는 대체 어디 있는 거지?'

 칼로스는 차마 몰랐다.

 자신의 맞은편에 앉아 있던, 그리고 지금 자신의 뒤통수를 노련한 눈썰미로 주시하고 있는 사람이 대륙에 몇 되질 않는 소드마스터 가르데일 공이라는 것을!

※ ※ ※

 휴일임에도 불구하고 할 일이 산더미처럼 쌓여 동칠은 정신이 없었다. 신경도 가뜩이나 예민해 있는 터…….
"그만 좀 먹어!"
 화를 낼 수밖에 없었다.
 비싼 돈 주고 사온 양파를 저놈이 다 먹어치우고 있기 때문이다.
 만드라고라.
 뿌리가 인체를 닮은 식물형 몬스터다.
 사람처럼 뛰어다니기도 하고, 뿌리의 일부를 손처럼 사용할 줄 안다.
 얼마 전 알게 된 파르켈 용병단의 용병단장 베른으로부터 동칠은 3살 된 어린 만드라고라를 선물받았는데, 마땅히 녀석을 쓸데가 없었다.
 독이 있어 먹는 건 안 된다고 했고, 또 그게 아니라도 사람을 닮은 걸 요리 재료로 쓸 생각도 없었다.
 어떻게 해야 할지 고민하고 있던 차에 동칠은 만드라고라가 양파에 상당한 관심을 보인다는 걸 알게 되었다.
 놈은 시키지 않아도 알아서 양파의 껍질을 착착 벗겨 내고 있었다.
 껍질을 벗긴 양파는 이따금씩 먹기도 했으나, 배가 부르면 녀석은 양파를 까는 일에만 몰두했다.

소량을 먹어치워 처음에는 그러려니 하고 웃어넘겼는데, 날이 갈수록 만드라고라가 먹어치우는 양파의 양은 많아졌다. 그러니 이제는 기특하기보다 얄미워지는 것이다.

사람의 말까지 알아들을 수 있는지 동칠의 호통에 만드라고라는 양파를 먹다 말고 흠칫했다.

사실 만드라고라에게 있어 동칠은 무서운 존재였다.

경고를 무시하면 전처럼 염력에 의해 들려져 펄펄 끓는 물 위로 올라갈 수 있기 때문이다.

끔찍한 상황에 처하기 싫어서인지 만드라고라는 허기를 못 채웠는데도 불구하고 스스럼없이 양파를 내려 두었다.

바로 그때였다.

"사장님! 손님 찾아오셨습니다."

하도 보자는 사람이 많아 새삼스러울 것도 없어 동칠은 앞치마를 벗어두고서 홀로 나섰다.

눈가에 자글자글한 주름이 자리한 노인은 동칠에게는 낯익은 얼굴이었다.

그는 동칠을 보자마자 다가와 거두절미하고 양피지를 펼쳐 보였다.

"이전에 알아봐달라고 하셨던 임야 삼천 평에 대한 토지대장입니다."

요리하기에 바빠 아직 이곳의 글을 완전히 깨치지 못했기에 판테스가 다가와 도움을 주었다.

"로리안 호수 근처에 위치한 임야로군요. 근방엔 흉포한 몬스터도 없고 경치가 아주 좋다고 적혀 있습니다. 에, 소유주는……"

동칠이 글을 모르는 건 오해를 살 거리도 안 되었다. 그가 살던 지구처럼 이 베텔스만 행성 또한 언어가 여럿으로 나뉘어져 있었으므로.

근래 동칠은 땅을 사들이고 있었다.

애초의 목적은 콩, 고추 등을 심기 위한 것이었는데, 콩 심은 데 콩 나고 팥 심은 데 팥 나라는 법이 없었다. 기후 여건이 따라줘야 하는 것이다.

그래도 사들인 땅이 아깝지는 않았다.

대한민국에서 25년을 살면서 자기 땅 한 평 가져 보지 못했던 데서 오는 자기만족이 있었으므로.

재미가 들려 버렸는지 와룡반점 근처의 땅을 사들이기 시작한 것이, 이제는 산 아래까지 폭이 넓혀지고 있었다.

이런 일이 여러 번이어서 판테스는 여느 재산 관리인 못지않은 통찰력으로 자신의 생각을 피력했다.

"사장님, 칠 골드면 괜찮은 듯합니다."

환산하면 땅 한 평이 23쿠퍼 정도이니 자장면 한 그릇보다 현저히 낮은 가격이다.

그마저도 비싼 땅값이 이 정도였으니 이곳의 땅값은 한국에 비해 무척이나 쌌다.

 토지 관리인의 말에 따르면 저 먼 타지의 척박한 땅은 1골드면 1만 평 정도도 구입할 수 있다 했으니 말 다한 거 아닌가?

 물론 1골드가 적은 돈은 아니었다.

 보통의 식당에서 한 끼를 해결하려면 10쿠퍼면 충분하다. 말인즉슨, 자장면은 그 8배라는 얘기!

 그럼에도 비싼 값에 이의를 제기하는 손님이 없는 걸 보면 동칠의 자장면은 그만한 값어치를 지닌다는 얘기이리라.

 판테스의 의견을 듣고 동칠도 사는 쪽으로 생각이 기울었다.

 '호수 근처의 땅이라……. 또 안전한 곳이라 하니 나중에 별장이라도 지을 수 있잖아. 좋아.'

 결정을 내린 동칠은 토지 관리인에게 강단 있게 답했다.

 "사겠습니다."

 "잘 선택하셨습니다. 매매 허가가 난 땅 중에 이만한 땅도 드물지요."

 한국과는 다르게 이 대륙에는 귀족령이 있었다.

 귀족 영지의 땅은 보통 거래가 불가하다.

 그들은 소작농들에게 땅을 맡기고 징세관을 통해 한 해 수확물에 비례해 세금을 걷는다. 그리고 그 세금들은 원칙적으로 국가에 귀속이 되는데, 이 때문에 귀족들은 자신의 영지라 해도 함부로 땅을 팔지 않았다.

하지만 전 대륙이 인간의 손아귀에 있는 것이 아니었고, 필요에 따라 일부를 처분하고 형편이 나아지면 다시 사들이는 귀족들도 있었기에 땅 거래는 암암리에 이루어지곤 했다.

주로 이를 주관하는 사람이 토지 관리인이었다.

오늘도 자신 소유의 땅을 늘리게 되어서인지 동칠의 얼굴엔 화색이 만연했다.

거래를 마치고 토지 관리인을 배웅하고자 동칠이 현관 밖으로 나갔을 땐, 또 다른 사람이 보고 반가워했다.

장대한 키에 우람한 덩치, 파르라니 깎은 머리에 먹을 칠해놓은 듯 검은 눈썹과 부리부리한 눈이 인상적인 파르켈 용병단 단장 베른이었다.

"잘 지내셨소이까?"

친분을 과시라도 하듯 손부터 내미는 베른. 동칠도 마다할 생각은 없어 그 손을 맞잡았다.

"뭐, 늘 그렇죠."

그때 두 사람이 악수하는 광경을 멀리 흙더미 뒤에서 관찰하는 이가 있었으니, 바로 동칠을 암살하기 위해 잠입한 칼로스였다.

"맙소사! 파르켈 용병단장과도 친분이 있다니……."

그가 몸을 부르르 떠는 것도 무리는 아니었다. 그럴 만도 한 것이 파르켈 용병단은 대륙의 북반구에서 위명이 자자하기 때문이다.

워낙에 실력 있는 용병들이 주를 이루다 보니 용병단에 입단하기도 하늘의 별 따기라고 하지 않았던가!

하물며 단원도 아닌 단장이라, A급 어쌔신인 칼로스로서도 긴장하지 않을 수가 없었다.

'암살에 성공을 하더라도 내 소행이라는 게 발각되면 뼈도 못 추릴 수 있다……'

요 며칠 살펴본 결과를 종합하면, 박동칠과 접촉했던 인물 중엔 리온 공국의 실세는 물론이고 한나발트 왕국의 귀족도 있었다.

식사가 용무였다면 모르겠지만, 문제는 그것이 아니었다는 점이다.

겁에 질린 삼식을 보고 대수롭지 않게 받아들인 의뢰였지만, 박동칠의 실체를 파악할수록 칼로스는 두려움이 깊어졌다.

그런 와중에 파르켈 용병단장의 호탕한 목소리가 크게 들려왔다.

"결심했소. 용병 길드를 근처로 옮기기로!"

이건 또 무슨 소리인가?

칼로스의 머릿속이 누가 쑤아놓은 것처럼 뒤숭숭해졌다.

그는 몰랐지만, 그 얘기는 동칠과 베른 간에 미리 오갔던

내용이었다.

비단 파르켈 용병 길드뿐만이 아니었다.

동칠이 사둔 땅 근처에는 여행자 길드가 가장 먼저 들어섰고, 그다음으로 상인 길드가 들어섰다. 파르켈은 세 번째인 것이다.

유동 인구가 늘어남으로써 근래에는 근방에 상점을 내려는 사람들의 발길도 계속해서 이어졌다.

그것이 동칠이 사둔 땅의 값이 천정부지 치솟고 있는 이유였다.

그러한 사실을 알면서도 동칠은 땅을 되팔아 시세 차익을 남길 생각은 없었다. 후에는 몰라도 지금은 그저 땅을 가지고 있다는 사실만으로 좋았기 때문이다.

동칠이 베른에게 식사를 대접하고 돌려보낼 즈음, 이번엔 독특한 신체의 소유자가 찾아왔다.

짜리몽땅한 키에 비록 배가 나왔지만 탄탄한 근육질, 땅에 끌릴 정도로 긴 팔과 커다란 손, 가슴에 내려 닿을 정도로 덥수룩한 수염으로 미루어보아 칼로스는 그로 짐작되는 종족을 떠올릴 수 있었다.

'드워프다.'

나름 세상을 많이 주유해본 그로서도 처음 목격할 정도로 드워프는 희귀한 종족이었다.

그도 그럴 것이 드워프란 종족 자체가 워낙 소수민이고 땅굴이나 동굴에 모여 살아 발견 자체가 힘들 뿐 아니라 인간과 잘 어울리려 들지 않았다.

 인간이나 엘프에 비해 다소 추한 몰골인 드워프에게 신이 내린 축복이 있다면 바로 손기술이었는데, 그 덕분에 드워프들은 대륙 최고의 대장장이라는 수식어를 얻게 되었다.

 드워프와 몇 마디를 나눈 동칠은 직접 안으로 들어가 화로를 내왔고, 드워프는 끌고 온 수레 안에서 연장들을 꺼내 작업을 시작했다.

 칼로스의 놀람은 극대화됐다.

 '내 듣기로 일국의 국왕도 드워프한테 일을 시키기 힘들다 했거늘, 어떻게……'

 모든 것을 자장면과 연관 지으면 될 일이었는데, 칼로스는 어리석게도 그 점을 간과하고 있었다. 그러니 동칠을 관찰하는 시선이 어긋났던 것이다.

 칼로스를 정말 경악시킬 만한 일은 다음에 벌어졌다.

 손을 다 보았는지 드워프가 화로에서 떨어진 순간이었다.

 화르르륵.

 동칠은 그저 팔을 뻗은 것뿐인데 화로에서 불길이 치솟았다.

 순간, 칼로스의 입이 턱이 빠져라 벌어졌다.

 '세상에!'

 저 화로에 아무리 불의 마나석이 놓여 있다고 해도 마법

영창도 없이 불의 세기를 조절한다는 건 마법사를 종종 접했던 그조차 듣도 보도 못한 얘기였다.

불가사의한 힘을 행하는 자!

불쑥 칼로스는 괴리감까지 들었다.

'저자, 인간이 맞는 걸까? 내가 미친 짓을 하고 있는 건가?'

실사정은 이랬다.

늘 주방에 붙어 있으며 불을 가까이하는 동칠은 염화력을 각성했으나 능력이 부족한 나머지 무에서 유를 일굴 순 없었다.

결국 여러 손님들에게 푸념을 늘어놓는 일이 잦아졌는데, 그에는 멀리서 자신의 가게를 찾아와 자장면 맛에 감탄한 드워프와 자주 들르던 리온 공국의 귀족도 있었다.

가스가 다 떨어져 이제 더 이상 자장면을 못 만들 수도 있다는 애로 사항을 털어놓자 드워프는 그 자리에서 흔쾌히 돕겠다고 했고, 사정을 전해들은 귀족도 공왕을 알현하는 자리에서 동칠의 사정을 전했다.

이에 공왕은 친히 돕겠다는 의사를 표명, 유능한 마법사들에게 그의 일을 도와주라는 명을 내렸다.

드워프와 마법사들의 도움으로 가스통들을 떼어낸 화로들에 불의 마나석을 연결하기는 했지만, 막상 화로를 들여놓은 직후엔 항시 마법사가 주방 안에 상주해야 했다. 염화력이 미흡했기 때문이다.

 피땀 어린 노력으로 동칠이 센 불을 낼 수 있게 되어 마법사들을 공국으로 돌려보낸 건 칼로스가 시모에르로부터 의뢰를 받기 직전이었다.

 찌꺼기가 많이 들어가 화력이 약해졌던 화로를 들고, 동칠은 그것을 수리해준 드워프에게 식사라도 대접하려 안으로 불렀다.

 군침이 도는지 금방에라도 드워프의 입에서 침이 흘러나올 것만 같아 보였지만, 칼로스는 그를 눈여겨보지 못한 채 책자에 빼곡히 적힌 '박동칠 보고서'라는 글씨만 보며 중차대한 갈등의 기로에 서 있었다.

 이 의뢰를 해야 할 것인가, 말아야 할 것인가에 대해서……

 고뇌를 거듭하던 칼로스는 또 하나의 의아한 광경을 목격한다. 하루도 빠짐없이 마법사들이 교대로 땅굴로 들어가고 있는 장면이었다.

 박동칠도 그곳으로 자주 걸음을 두었다.

 도대체 그 안에서 무슨 일이 벌어지는 건지 칼로스는 궁금하기 짝이 없었지만 감히 다가갈 수 없었다. 그곳은 어떤 곳보다 경계가 삼엄했기 때문이다.

 오죽했으면 칼로스는 박동칠이 정말 인간이 아닐지도 모

른다는 해괴한 상상까지 했다.

 그러나 현실과 동떨어진 상상은 억측만 낳는 법.

 역시나 제일 걸리는 부분은 여태 맡았던 어떤 의뢰보다 암살 대상이 거물이란 점이었다.

 이런 산중에 박동칠 같은 거물이 있으리라고는 추호도 짐작치 못한 탓이다.

 포기하면 편할 것이었다. 대신 이제껏 쌓아온 신뢰에 금이 갈 건 자명한 일!

 칼로스는 앞으로 더 나아가기를 바랐지, 뒤로 밀려나기는 싫었다.

 그러나 자신이 걸어야 할 것이 하나뿐인 목숨이라면 얘기가 달라진다.

 수차례나 그만둘까 생각해 발길을 돌리고, 수십 차례나 갈팡질팡했지만 결심은 단 한순간에 이뤄졌다.

 '칼을 빼었으면 무라도 써는 게 도리다!'

 광오한 다짐만큼이나 칼로스의 눈매는 매서워 보였다.

 그동안 지켜본 바에 의하면 동칠을 그림자처럼 따라다니는 종업원들은 크게 문제될 게 없었다.

 그보다 더 삼엄한 포위망들도 뚫고 들어가 표적을 제거해 왔던 자신이 아닌가!

 진짜 문제는 종업원들이 아니라 알 수 없는 힘의 소유자인 사장 박동칠이었다.

그 혼자만도 감당하기 벅찰지 모르는데, 종업원들까지 꼬여 들면 문제는 더 복잡해진다.

'되도록 혼자 있을 때를 노려야 한다.'

거사를 눈앞에 두고 우선 칼로스는 채비부터 서둘렀다.

시간을 끌면 끌수록 두려움만 증폭될 것!

실제 박동칠을 알아갈수록 그러했기에, 더는 모르는 게 약이 될 수도 있었다.

며칠 동안이나 검갑에서 빼지 않아 무뎌진 날을 닦고 검신에 독액을 발랐다. 서안의 해적들에게서 구한 닿기만 해도 발작을 일으킨다는 맹독이다.

칼로스가 A급 어쌔신으로 등극한 것은 비단 실력 때문만이 아니었다. 이처럼 그만큼의 투자가 뒷받침되었기에 가능했던 일이다.

모든 준비를 마친 후, 칼로스는 거목 뒤에서 빠끔히 얼굴을 내밀어 20미터쯤 떨어진 와룡반점을 주시했다.

그때였다.

느닷없이 동칠이 노한 얼굴로 뛰쳐나와 큰 소리로 명령을 내렸다.

"샅샅이 찾아!"

우르르 몰려오는 종업원들을 보고 화들짝 놀란 나머지 칼로스는 다급히 나무 뒤로 몸을 숨겼다.

'드, 들킨 건가?'

행여 들킬세라 행동거지에 만전을 기해 최대한 조심을 한다고 했거늘, 어떻게 발각이 되었단 말인가?

아니어야 한다. 아니어야 했다.

불안함 속에 동태를 살피려 칼로스가 눈을 든 그 순간이었다. 정신없이 뛰어다니던 종업원 한 명이 멈춰 서더니 칼로스가 숨어 있는 방향을 가리키며 소리쳤다.

"저기 있다!"

더 생각해보고 말 것도 없었다.

칼로스는 간이 콩알만 해져서 뒤도 돌아보지 않고 달아났다.

얼마나 달렸을까?

진이 다 빠질 때까지 정신없이 달린 후에야 칼로스는 뒤를 돌아보았다. 다행히 뒤따라오는 종업원은 없었다.

그는 그제야 가빠진 숨을 몰아쉬었다.

"헉헉… 미, 미친놈들."

욕지거리를 내뱉을 수밖에 없었다.

박동칠이나 그 종업원이나 꼭 자신을 향한 눈이 마귀 같았기 때문이다.

풀 한 포기 없는 땅! 와룡반점과 아주 멀어졌음이다.

시간이 흐르며 평온은 되찾았지만, 스스로에게 수치심과 무력감을 느끼니 화가 뻗쳤다.

"박동치~ 일!!"

아무도 들을 사람 없는 곳에서 친 소리라고 생각했다. 그런데 어딘가에서 응대하는 목소리가 있었다.

"그와 원한이라도 졌나?"

순간, 칼로스의 눈이 의심으로 가득 찼다.

하지만 사방을 살펴봐도 사람 그림자도 찾을 수 없으니 저 자신의 귀를 꾸짖을 수밖에 없었다.

"이젠 헛소리까지 들리는군."

툴툴거리며 칼로스는 신경질적으로 포말로 버무린 진흙을 얼굴에서 떼어냈다.

그 순간, 어디선가 들어본 듯한 목소리가 들려왔다.

"거 보게. 벗으니 시원하지 않나."

칼로스가 눈을 비비고 목소리가 들려오는 언덕 쪽으로 고개를 돌리니 두꺼운 로프를 어깨에 걸고 있는 사람이 보였다.

'안면이 있는 작자다. 자장면을 먹은 날 내 앞에 앉아 있던······.'

백발의 사내, 바로 그였다.

그렇잖아도 열불이 나 있는 터에, 그의 말이 불난 집 부채질하듯 조롱 섞인 말투로만 들려 칼로스는 화가 머리끝까지 치밀었다.

"당신, 오늘 재수가 없는 것 같아."

여전히 그가 가르데일이라는 걸 모르고 있으니 칼로스의

얼굴엔 살기 그윽한 미소가 맺힐 수 있었다.

하지만 잘 봐줘도 가르데일에게 칼로스는 애송이일 뿐이었다.

애송이의 말이 너무 버릇없다 싶었는지 가르데일은 좋은 말로 타일렀다.

"자네, 입이 걸군. 내 기회를 주겠네. 사과하게. 자네가 어떻게 봤는지 몰라도 나는 그리 호락호락하지 않은 사람일세."

그러나 칼로스는 일체 움츠러들지 않고 도리어 그의 말에 혀를 찼다.

"쯔쯧, 당신은 나 만나기 전에 말조심하는 것 좀 배워야 했는데. 나는 성격이 그리 좋지 못해서 내 비위를 거스른 놈들은 가만두지 않거든."

이 자리에서 죽이기라도 하겠다는 심산인지 당장 자신의 단검을 꺼내들며 다가오는 칼로스.

그를 보는 가르데일의 눈이 차갑게 식어버렸다.

한편, 그 시각.

고오오오오~!

와룡반점의 저장고에서는 내부를 통째로 뒤흔들 정도의 진동음이 계속해서 이어지고 있었다.

등에 리온 공국의 엠블럼이 새겨진 진홍색 로브를 걸친 6인의 마법사들은 기하학적인 문양들이 새겨진 육망성 주위를 둘러서서 쉬지 않고 은은한 빛을 흘려보냈다.

비단 마법사들은 그들만이 아니었다.

그 뒤에 선 한나발트 왕국의 엠블럼이 새겨진 푸른색 로브를 걸친 2인의 마법사들은 일정 시간에 걸쳐 교대로 힐링 마법을 시전했다.

소속은 비록 다를지언정 마법사들 개개인의 얼굴에는 비장함까지 서려 있었기에 저장고 안의 분위기는 짐짓 장엄하기까지 했다.

동칠은 그런 마법사들에게서 멀찍이 떨어져서 팔짱을 낀 채 사태를 예의주시했다.

육망성 위에 수북이 쌓인 것들은 동칠이 정말 어렵게 구한 대두들이었다.

아까 기사들에게 찾으라고 명령을 내렸던 것은, 여러 식재료를 납품해오던 식재료 상인이 실수로 떨어뜨린 대두가 든 포대였던 것이다.

추가 주문이었지만, 그 또한 구하기도 힘들다고 했으니 동칠이 눈에 불을 켤 만했다.

춘장이 떨어져 가던 판국에 주방에 남아 있던 레시피는 동칠에게 있어 구세주나 다름없었다.

동칠은 춘장이 대두를 발효시켜 만든다는 것을 깨우쳤고, 인맥을 총동원해 그것을 구하고자 노력했다.

다행히 보름에 한 번 꼴로 찾아오는 식재료 상인이 그걸 구해왔다.

그러나 숙성에 걸린다는 6개월을 손님들 누구도 기다릴 수 없다고 성화를 부렸다.

숙성을 돕기 위해 마법사들이 파견된 건, 지금으로부터 불과 열흘 전이었다.

원래 마법사들이 비상한 두뇌의 소유자들인 만큼 대두를 숙성시키기 위한 방법 논의에는 오랜 시간이 걸리지 않았다.

그 일환으로 그들은 이 저장고 내부에 춘장 발효에 필요한 마법진을 설치했고, 적당한 온도와 습도를 유지시키기 위해 혼신의 노력을 쏟았다.

여행 중에 들른 흑마법사도 부패 마법으로 손을 거들겠다고 했지만, 효모가 죽어서는 곤란한 일이라 동칠은 부득이하게 거절해야만 했다.

두 마법사가 힐링 마법을 시전하는 이유는 바로 효모를 살리고 활동을 왕성히 하고자 함이었던 것이다.

각고의 그 노력이 이제야 결실을 맺기 시작했다.

"오오."

마법사들에게서 탄성이 터져 나왔다. 서서히 춘장의 제 색을 찾아가고 있는 것이다.

※ ※ ※

칼로스는 대담하게 먼저 거리를 좁혀 갔다.

그리고 가르데일과 세 보의 거리를 두고 멈춰 서 입가에 싸늘한 미소를 머금었다.

이때껏 살인 횟수만 백여 번.

물론 대부분이 의뢰였고, 지금 또한 눈앞에 백발의 사내를 죽일 의도는 없었다.

 단지 엎드려 빌게 할 작정이었다.

 경고 차원에서 막 입을 떼려는 순간, 부지불식간에 백발 사내가 다가와 억척같은 힘으로 어깨를 쥐었다.

 우두두둑!

 찰나에 느껴지는 것이라고는 믿기 힘들 만큼 끔찍한 고통…….

 견디지 못한 칼로스에게서 소름 돋는 비명이 흘러나왔다.
"크아악!"

 어깨뼈가 으스러졌는지 그의 오른팔에는 전혀 힘이 들어가지 않았다.

 발악하듯 손을 뿌리치며 뒷걸음질 쳐 벗어나긴 했지만, 칼로스의 얼굴에 자리한 당혹감은 쉽게 걷히지 않았다.

 '무… 무슨 괴물 같은 힘이…….'

 잠시간 칼로스는 가르데일이 손에 흉기를 숨긴 걸로 오해했다.

 그러나 살펴보고 또 살펴봐도 등에 멘 검갑 말고는 다른 무기는 없어 보였다.

 성큼 걸음을 디디는 그를 보고 칼로스는 덜컥 겁을 먹고는 계속 뒷걸음질만 쳤다.

 그래도 오른손에서 단검이 빠져나가지 않은 건 다행이었다. 무기마저 떨어뜨렸다면 더욱 난처했을 테니까.

후들거리는 오른손에서 단검을 빼 왼손으로 들었다.

자신이 없었다. 그 또한 보통 사람들처럼 오른손잡이였기 때문이다.

가르데일 역시 한 손으로는 아직 두꺼운 로프를 잡고 있었기에 따져 보면 칼로스가 딱히 불리할 것은 없었다.

'치잇, 여유인가?'

왼손을 사용하는 게 서툴다지만 그의 단검에는 맹독이 발라져 있다. 살을 스치기만 해도 유리한 위치를 점할 수 있으리라.

어째신답게 그는 특유의 동물적인 감각을 일깨웠다.

산발적으로 불던 바람도, 멀리서 들려오는 야생동물들의 울음소리도 더 이상 칼로스의 집중력을 흩지 못했다.

지금 이 자리에는 오직 칼로스 자신과 그만이 있었다.

온 신경이 그에게만 집중되자 그의 발소리, 그리고 숨소리와 움직임만이 느껴질 뿐이다.

칼로스의 움직임이 달라졌다는 것을 깨달은 가르데일은 우뚝 멈춰 서더니 느닷없이 칭찬을 늘어놓았다.

"실력이 아예 없는 친구는 아니군."

"흥, 스스로 대단한 사람이라 여기고 있군. 너 같은 놈들도 여럿 만나보았다. 하지만 결국엔 다 무릎을 꿇고 살려 달라고 애걸복걸하더군."

측은하게도 그 말은 가르데일에게 일말의 두려움도 안겨

거물 • 229

주지 못하고, 오히려 표정만 짓궂게 만들었다.

"팔 하나로는 부족한가?"

자신을 비웃는 데 그치지 않고 노리갯감으로 여기고 있다. 심한 모욕감에 칼로스는 어금니를 깨물었다.

더 무슨 말이 필요할까. 무어라도 행동으로 보여 주어야 한다는 생각이 그의 뇌리를 지배했다.

"이야아아압!"

가르데일에게 빠르게 파고드니 칼로스의 발치에서 뿌옇게 흙먼지가 일어났다.

삽시간에 거리는 좁혀 들고 있는데, 가르데일은 검을 뽑을 생각도 없어 보인다. 그게 칼로스의 입가에 걸린 회심의 미소를 짙게 만들었다.

'늦었다!'

곧장 찔러간 단검을 가르데일은 어렵지 않게 피했다. 칼로스의 계산 속에는 당연히 그것도 있었다.

"멍청한 놈!"

그는 허리를 틀어 가르데일이 피한 방향을 노리고 왼손에 든 검으로 궤적을 그렸다.

상식적인 움직임으로는 피하지 못할 사정거리 안이었기에 칼로스는 자신의 승리를 확신했다.

뻐억!

순간 어인 일인지 타격음이 들리고, 칼로스 자신의 몸이 저자와 자꾸 멀어지고만 있다.

 파악은 오래 걸리지 않았다.

 복부로 전해지는 창자가 끊어질 듯한 극심한 통증이 자신이 미처 깨닫지 못한 상황에 대한 추측을 가능케 해주었기 때문이다.

 "우욱!"

 배를 움켜쥐며 허공을 유유히 날고 있던 칼로스는 다음의 사실로 더욱 경악해야만 했다.

 훙훙훙-!

 백발 사내는 어깨에 걸고 있던 로프를 돌리는 중이었는데, 그 로프의 끝머리엔 정체 모를 거대한 생명체가 달려 있었다.

 매섭게 회전하던 생명체는 그가 손을 놓음과 동시에 맹렬하게 날아왔다.

 꾀이익.

 알 수 없는 소리!

 그보다 칼로스는 저것에 맞으면 십중팔구 자신이 죽을 것이라 직감하고는 겁에 질려 눈을 감았다.

 털퍼덕!

 땅에 곤두박질치며 삭신이 쑤시는 걸 보니 다행히 저 괴물체와 충돌하는 불미스러운 일은 일어나지 않은 모양이었다.

 곧이어 지축이 흔들렸다.

쿠앙!

칼로스가 그것을 좇아 눈을 두었을 때는 그 정체를 알아챌 수 있었다.

"꾸, 꾸뤼릭?"

범인의, 아니 범인을 뛰어넘는 힘의 소유자라 한들 순수한 힘으로 저 무거운 걸 집어던질 수 있는 사람은 없다.

치뜬 눈이 더더욱 조심스러워졌다.

'…괴물!'

빈틈을 노려 기습을 가하는 것이 어쌔신의 최대 강점이라지만, 그것도 어느 정도 실력이 비슷한 다음에다.

이건 마치 갓 걸음마를 뗀 어린애와 어른의 싸움 같질 않은가!

칼로스는 죽은 척 엎드려 있다가 그가 다가오면 일격을 가하려던 생각을 접어버렸다.

그럴 힘으로 그는 소리쳐 물었다.

"댁은 뉘시오?"

"나? 가르데일이라고 하네. 뭐, 자네는 모를 수도 있겠군."

그 스스로 이름을 밝히자 칼로스는 오싹해졌다. 가르데일이라면 백발의 악마의 이름이 아닌가!

백발의 악마!

이스라온의 공작이었지만, 스스로는 명예가 허울뿐이다 하여 세상을 주유한다 들었다.

평상시에는 온화하고 너그러운 품성이라 했지만, 화가 나면 손속이 그 누구보다 잔인하다고 하여 얻게 된 가르데일의 별명이었다.

 항간에 들리는 소문으로 그의 무위는 경천동지해서 집채만 한 바위를 부수고 산을 가른다고까지 전해진다.

 물론 세인들의 입을 오르내리며 과장이 더해지고 보태진 소문이었다.

 그러나 조금 전 꾸뤼릭을 집어던진 것으로 볼 때, 칼로스는 그 소문이 결코 허황되지 않을 것이라고 생각했다.

 도저히 대적할 수 있는 상대가 아님을 깨닫고 욱신거리는 신체를 뒤집어 칼로스는 이마를 땅에 붙였다.

 "천하의 가르데일 공이신지 모르고 무례를 범했습니다. 미천한 자가 어리석어 행한 일이었사오니 부디 용서하시길······."

 "알긴 아는 모양이군. 그럼 내가 고작 이 정도 선에서 끝내지 않으리라는 것도 알겠지?"

 조소를 머금는 가르데일의 표정이 그리 무섭게 보였는지, 칼로스는 이마가 찢어져 피가 흐르는 줄도 모르고 바닥에 머리를 찧어댔다.

 그만큼 그는 절박했다.

 팔이 망가진 건 둘째 치고, 추락할 때 허리부터 잘못 떨어졌는지 온몸이 부들부들 떨린다.

여기서 더 망가질 수는 없는 노릇이었다. 신전도 살아서 찾아가야 치료를 받든 말든 할 게 아닌가!

"한 번만 기회를 주시오면……."

가르데일은 그런 칼로스에게 바짝 다가갔다.

손만 뻗으면 닿을 곳에 애검이 놓여 있었지만, 칼로스는 그걸 잡는 과오를 되풀이하지 않았다.

악바리같이 달려들 걸 예상했지만 죽은 듯 웅크려 있으니 가르데일도 심술을 거뒀다.

"흠, 좋네. 대신 내 궁금증을 풀어줘야겠어."

이에 칼로스는 황망하게 고개를 들고 가르데일을 쳐다보았다.

"궁금증이라 하오시면 어떤……?"

"자네 직업!"

어설픈 거짓말은 죽음을 초래할지도 모른다.

칼로스는 안면 구석구석을 뜯어보고 있는 그 눈초리를 피할 자신이 없었다.

"어, 어쌔신입니다."

거기서 끝나기를 바랐으나 가르데일의 질문 공세는 계속되었다.

"대화의 여지는 있군. 그럼 정확히 누구를 암살하려 했는지, 그리고 누구의 사주를 받았는지 털어놔봐."

가르데일은 첫 대면부터 칼로스가 어쌔신이라는 건 짐작

했다. 그리고 그 대상이 자신일지도 모른다고 가정했었다.

때문에 일부러 긴장을 느슨하게 하고 그에게 다가올 기회까지 제공하지 않았던가!

하지만 발아래 엎드린 이자가 여태까지 보인 반응은 그게 아니었다.

적어도 자신을 암살 대상으로 지목했다면 방금처럼 정면에서 노리고 달려들지는 않았을 것이다.

직설적인 질문에 칼로스는 난감할 수밖에 없었다.

극한 상황에 처해도 절대 입 밖에 내는 것을 금해야 할 것을 묻고 있질 않은가!

자신이 어쌔신인 걸 알아채고 있는 상황이라면 자연히 직업 특성도 알 터인데 그러한 것을 묻는 의도는, 수틀리면 가만두지 않겠다는 협박이기도 했다.

'협박에 굴해 불었다는 게 길드에 알려지기라도 하는 날에는 이 일도 끝이다.'

목숨이냐? 신뢰냐?

칼로스가 갈등의 기로에 서 있을 무렵, 가르데일은 다리를 들었다.

"난 기다리는 것을 싫어한다네. 우선 하나씩 시작해볼까?"

"자, 잠깐!"

우둑.

"끄윽."

손을 들었을 때는 이미 늦었다.

가르데일의 발이 칼로스의 새끼손가락 하나를 뭉그러뜨린 것이다.

백발의 악마라는 별명이 괜히 붙은 건 아닌 모양이었다.

칼로스가 참혹하게 일그러진 얼굴로 신음성을 토해내자 가르데일의 표정도 덩달아 구겨졌다.

"새끼손가락이 엉망이 되어 섭섭한가? 잘하면 한 대 치겠군."

황당하게도 이번엔 손가락이 아닌 머리에 발이 올라왔다.

하필 여기는 흙도 아닌 자갈 바닥이다. 그의 괴력이라면 머리뼈가 박살나는 건 일도 아니리라.

모멸감이 느껴질 새도 없었다.

왼쪽으로 틀어진 고개가 자갈과 맞닿아 있으니 칼로스는 더 늦기 전에 결단을 내려야 했다.

"바, 박동칠! 그를 노렸습니다!"

자백은 했지만 충분치 않다. 그래서인지 가르데일은 다리에 지그시 힘을 실었다.

살과 맞닿은 자갈들, 날카로운 부분에 쓸리고 찢긴 자리에서 피가 새어나왔다.

그럼에도 칼로스는 더 할 말은 없는지 입을 다물었다.

'마지막 양심까지 팔 순 없다.'

목숨까지 건 절개에 감복이라도 받았는지 가르데일은 칼

로스의 머리에 올려 두었던 발을 치우며 그 잔인한 행동을 멈추었다.

"더 묻지는 않지. 그런데 자네, 큰 실수할 뻔했군. 동칠 그 자는 나보다 훨씬 무서운 사람이야. 손끝 하나 대지 않고도 자네를 죽일 수 있으니까 말이야. 날 먼저 본 게 운이 좋았던 걸세."

그 말에선 진심이 듬뿍 묻어났다.

가르데일이 꾸뤼릭을 묶은 로프를 어깨에 걸치고 떠나간 뒤에도 칼로스는 그가 던지고 간 말 때문에 쉽사리 충격에서 헤어나지 못했다.

※ ※ ※

화르르륵!

자신을 죽이려 자객이 왔다 갔다는 것을 꿈에도 모른 채 동칠은 마법사들의 점심 만들기에 여념이 없었다.

한 손으로 불을 치솟게 만들고 다른 한 손으로 프라이팬에 담긴 재료들을 뒤집는 광경이 종업원들, 아니 기사들에게는 그렇게 신기할 수가 없었다.

"저희 주군, 사람은 맞는 걸까요?"

율카스가 속닥거리자 하만은 저도 모르겠다는 듯 느릿하게 고개를 털었다.

불쑥 보덴이 나타나 고개만 내밀고 기웃거리는 판테스, 하만, 율카스를 지나쳐 들어오며 주방 안에 흥분한 목소리를 전했다.

"사장님, 잠깐 나와 보십시오!"

"응? 또 누가 찾아왔어?"

"가르데일 공이 돌아왔습니다."

요리가 문제가 아니었다.

기사들의 말에 따르면 다음 주로 예정되어 있던 꾸뤼릭 사냥을 해오겠다고 나간 사람이랬다.

기사들은 한결같이 입을 모아 괜찮을 거라고 했지만, 꾸뤼릭의 무서움을 접해본 동칠은 혹시 그가 만신창이가 되어서 돌아온 게 아닐까 내심 염려가 되어 하던 일도 내팽개치고 현관 밖으로 향했다.

열린 문밖으로 가르데일이 꾸뤼릭에 기대 있다가 일어서며 동칠을 향해 너털웃음을 터트렸다.

"하하하, 이거 내가 잡아왔네."

활짝 웃어주기를 바랐지만 동칠은 왜인지 굳은 얼굴이었다.

잘 보이고 싶어 한 행동인데, 저렇게 정색을 하니 가르데일은 괜스레 진땀이 나고 곤혹스러워졌다.

'내가 뭘 잘못한 건가?'

곱씹어봐도 문제 될 건 없어 보인다. 그런데도 동칠은 등을 돌려 와룡반점 안으로 들어가 버렸다.

당황하는 기사들을 지나쳐 주방으로 향한 동칠은, 보는 눈 없어 좋다고 양파를 입에 가져가려다 들켜 움찔하는 만드라고라를 가리키며 말했다.

"양파 더 까!"

제 행동을 눈감아줬다는 것만으로 안도했는지 양파의 껍질을 열심히도 벗기는 만드라고라를 두고, 동칠은 주방 한편에 마련된 소형 저장고에서 당면과 쌀을 꺼냈다.

그가 정말 아껴 두었던 재료, 그걸 꺼낸 건 꾸뤼릭을 잡아준 가르데일에 대한 감사 표시인 셈이다.

평소에는 나지 않던 독특한 향에 끌렸는지 만드라고라마저 군침을 삼키며 음식을 바라보았다.

그 요리 하나를 만드는 데 무려 30분이 넘게 걸렸다. 밥까지 해야 했으니 무리도 아니었다.

되도록 쓰지 않으려던 후추까지 사용해 동칠은 회심의 요리인 잡채밥을 만들고서 접시에 담아 홀로 가지고 갔다.

"그분 오시라 그래."

처음 보는 음식에 율카스의 미각은 곤두서 있었다. 그러나 질문은 명령을 이행한 다음에다.

호의를 보이려는 것인데, 미처 깨닫지 못한 가르데일은 테이블 앞에 선 동칠의 기분을 살피기 바빴다.

동칠은 동칠대로 우두커니 서 있는 가르데일이 왜 저러나 싶어 의아했다.

거물 • 239

'아, 자기 주려고 한 음식인지 모르는구나.'

그런 생각에 동칠은 선뜻 걸음을 옮겨 가르데일 앞쪽의 의자를 빼고 등을 떠밀어 그를 앉게 했다.

음식 앞에 앉은 가르데일도 바보는 아닌지라 빤히 동칠을 보며 물었다.

"이거, 날 주는 건가?"

그에 동칠은 흐뭇하게 웃으며 고개를 끄덕였다.

따뜻한 눈인사가 때로는 백 마디 말보다 낫다. 가르데일이 느끼는 바도 그와 같은지라 감동이 적지 않았다.

그렇다고 마냥 감상에 빠져 있을 수는 없는 노릇.

기다리는 사람을 생각해 그는 밥 위에 얹어진 황색 면발 한 젓가락을 집어 입에 넣었다.

후릅.

매일 먹는 자장면처럼 끊어먹는 게 아니었다.

'이런 쫄깃함이라니······.'

이빨이 즐거움으로 물들어갔다.

씹다 보니 입 안에서 상큼한 향이 퍼지고, 살짝 화끈거린 탓인지 가르데일은 잠시 미간을 찌푸렸다.

그러나 결코 나쁘지 않은 기분이었다. 씹히는 동안 달콤함과 매움으로 쉼 없이 혀를 자극하는 면발. 꼭 무언가가 입 안에서 살아 움직이는 듯해 그는 전율까지 느꼈다.

'이게 정말 사람이 만든 음식이라는 말인가?'

납득할 수가 없었다.

어떻게 사람의 손에서, 그리고 사람의 머리에서 이런 음식이 나온단 말인가!

이 순간, 가르데일은 동칠이 인간이 아닐지도 모른다고 생각했다. 아니, 그가 인간이라 한들 저 밑바닥에서 일어나는 경외감을 부정할 수는 없었다.

음식을 먹다 말고 멀뚱히 자신을 쳐다보는 가르데일이 의아했던지 동칠이 물었다.

"왜요? 맛이 없어요?"

"아, 아닐세. 너무 맛있네. 내 너무 맛있어서 그러이."

슬프지 않은데도 가르데일의 눈가가 촉촉해졌다. 감동 때문이었다.

❋ ❋ ❋

고오오오오.

동칠에게 저장고는 저장을 위한 공간만이 아니다.

동칠이 저장고 안에서 수련을 시작한 것은 꾸뤼릭을 잡은 이후, 자신에게 특별한 힘이 있다는 걸 깨우치고 나서부터였다.

동칠의 왼손에 의해 머리 높이에서 떠 있는 검이 그 자신을 노려보고 있었다.

그는 검을 자신 쪽으로 서서히 끌어당겼다.

수웅-!

전력을 다해 끌어당긴 게 아니어서 짙은 파공음이 흐르지는 않았지만, 2미터쯤 떨어진 거리에 있던 검이 그에게 날아드는 데는 채 1초가 걸리지 않았다.

몸에 상처가 나는 불상사가 일어나기 전, 동칠은 손바닥을 뒤집어 날아오는 검을 멈춰 세웠다.

파앗!

검끝은 그의 손바닥 바로 앞에서 멈췄고, 동칠은 식은땀을 훔치며 길게 한숨을 내쉬었다.

"휴, 너무 무리했나? 아슬아슬했네."

녹슬긴 했지만 사람의 살을 베고 찢을 수 있는 진검이라서 이 수련은 고도의 집중력을 요하는 일이었다.

그리고 여태 한 번도 수련 중 다치지 않았다는 건 동칠이 그만큼이나 조심을 했다는 뜻이다.

그는 일상 자체가 수련이었다.

수련을 생활화한 덕분에 그가 가진 염력의 힘은 그야말로 장족의 발전을 이루었다.

보다 다양해졌고, 보다 강해졌으며, 보다 정교해져서 이제는 검이 날아오는 방향과 높이, 속도까지 조절할 수 있게 된 것이다.

물론 이 수련에서 제일 중요한 건 검을 멈추는 일이었다.

제시간에 멈추지 않는다면 느릿한 속도라 한들 살이 찢어질 건 분명하므로.

처음엔 설설 기어오던 검이 이만큼 빨라졌다.

동칠의 동체 시력과 담력, 그리고 집중력도 그만큼 향상되었다는 이야기다.

집중력의 비약적인 향상으로 파생한 또 하나의 이점이 있었으니, 바로 동칠이 사람들이 말하는 마나라는 걸 느끼고 그 힘을 빌려 쓸 수 있게 된 것이었다.

주신이 만든 지구였다면 어림 반 푼어치도 없을 일이었지만, 이곳 베텔스만 행성은 지구와는 엄연히 환경 자체가 다르다.

어디까지나 마나가 충만한 세상이기에 가능한 것!

동칠이 염력으로 무거운 물체를 이렇게 빨리 움직일 수 있게 된 것도 마나의 도움 덕분이었다.

'눈에 보이지는 않지만 확실히 작용하고 있다.'

공기와 더불어 떠도는 마나들……. 이 저장고 안이라고 없을 리 없었다.

마나는 동칠이 가는 어디에서나 느낄 수 있었다.

그리고 집중력이 향상되면 향상될수록 더 많은 양의 마나가 느껴졌다.

동칠은 비록 마나를 축적하는 방법은 몰랐지만, 저도 모르게 마나는 그의 체내에 고르게 쌓여 가고 있었다.

신들의 도움이 아니었다.

자주 마나를 필요로 한다는 것에 그의 몸이 체험을 통해 터득해버린 것이다.

아직까지 전문적으로 마나 검술을 익히는 검사들이나 가슴에 호문쿨루스를 키우는 마법사들에 빗댈 건 못 되지만, 그의 몸도 마나를 쌓아가는 중이었다.

동칠은 이제 마나의 힘을 빌린 염력으로 어지간한 성인 몸무게까지 들어올릴 수 있었다.

저 저장고 안쪽의 춘장이 든 항아리를 들어보았음이 그 증거였다.

오늘도 그는 하루 종일 음식을 만든 뒤, 남들은 고스톱 삼매경에 빠져 있을 야밤까지 수련을 했다.

피로가 몰려왔는지 동칠은 한 손으로 검을 잡고 저장고를 빠져나왔다.

이 또한 체내에 미약하나마 마나가 쌓여 가고 있었기에 가능한 일. 꾸뤼릭을 잡을 때까지만 해도 이 정도 무게였던 율카스의 검을 두 손으로 들지 않았던가.

발전하는 자신의 모습을 대견하게 여기며 동칠은 그렇게 저장고 밖으로 나와 주머니에서 공깃돌을 꺼내들었다.

이게 마지막 수련이었다.

염력의 한계는 매번 팔을 휘둘러야 한다는 점에 있었다. 가령 컵 5개를 옮기려면 다섯 번 팔을 움직여야 한다.

동칠은 그 일을 한 번에 할 순 없을까 란 고민에 빠졌고, 그러다 이런 괴팍한 수련 방법을 떠올리게 되었다.

허공에 부유한 공깃돌 전부를 멈추게 하는 게 목표였지만, 아직까지 한 번도 성공해본 적이 없었다.

휙!

"힘을 너무 써서 그런지 어질어질하네."

머리 위로 던진 공깃돌들을 보는데 불현듯 현기증이 났다.

손을 들어 염력을 실어 보내고는 있지만 어쩐지 몸이 제 몸 같질 않다.

순간, 그의 홍채에서 금빛이 일렁였다.

하강하던 공깃돌은 아직 손에 맞닿지도 않았는데 전부가 허공에 떠 있었다.

귀신에 홀린 듯 동칠은 공깃돌들을 향해 팔을 뻗고 있었다. 그가 염원하던 범위 염력이 펼쳐진 것이다.

하지만 그것도 잠시였다. 홍채가 본래의 색을 되찾자 공깃돌들은 손바닥을 타고 그의 머리 위로 떨어졌다.

탁, 타탁.

"또 실패인가?"

잠시나마 염력에 진화가 일어났던 것을 모르고, 쑥스러움을 머금은 채 동칠은 공깃돌들을 주워든 후 부족한 잠을 청하기 위해 와룡반점 안으로 향했다.

※ ※ ※

그로부터 보름 뒤.

알타 산의 서쪽 아래에 위치한 티모르 마을.

투덕투덕.

양쪽으로 곱게 머리를 땋은 여아가 개울가에서 제 손과 옷이 더럽혀지는 것도 모르고 정성 들여 진흙을 만지고 있다.

오랫동안 굽히고 있는 무릎이 아프지도 않은지 여아는 벌써 여러 번이나 뭉개진 집을 쌓고 또 쌓았다.

또래의 사내아이가 다가오더니 물었다.

"에일리, 뭐 하는 거야?"

여아의 이름이 에일리인가 보다.

에일리는 그 물음에 작고 앙증맞은 입술로 답했다.

"두꺼비집 지어줄 거야."

소박하고 아름다운 마음씨에 감동한 나머지 사내아이도 팔을 걷어붙이고 그 옆에 쭈그리고 앉아 두꺼비집 만드는 일을 도왔다.

멀리서 그 광경을 보는 동칠의 마음이 다 훈훈해졌다.

"나도 저런 때가 있었지. 그때가 좋았는데……."

"사장님께서도 저런 때가 있으셨군요."

율카스의 주억거림에 동칠은 빙긋이 웃었다.

"그럼, 나라고 어린 시절이 없었을까 봐."

꼭 저만할 때, 지난날의 향수가 느껴져 동칠은 아련함에 젖어들었다.

그가 미처 감상에서 헤어 나오지 못하고 있는데, 진흙을 만지는 두 아이의 뒤편에서 검정 상의를 걸친 한 아이가 불쑥 나타났다.

시기와 질투 때문인지 막 모습을 드러낸 아이의 얼굴에서는 심술이 덕지덕지 묻어났다.

참 오래 공을 들인 것이라는 걸 아는지 모르는지 서 있던 아이는 두꺼비집을 무참히 짓밟아버렸다.

두꺼비의 집을 지어주려던 작은 소망이 무너지자 에일리는 그렁그렁해진 눈으로 울먹거리더니 기어이 눈을 감고서 굵은 눈물을 뚝뚝 떨어뜨렸다.

"으애애앵."

솔직히 의외라 동칠의 눈도 커다래진 상태다. 그래도 아이들 일에 어른이 참견하는 건 우스운 일이라, 오지랖 넓게 달려가려던 율카스도 제지하고 그저 멍하니 그 장면을 바라만 보고 있었다.

에일리를 도와주던 사내아이는 참을 수 없었는지 벌떡 일어서서 고의로 두꺼비집을 망가뜨린 아이의 멱살을 움켜쥐었다.

"너 일부러 망가뜨렸지?"
"아니, 실수였어."

거물 • 247

"뻔한 거짓말에 속아 넘어갈 줄 알고? 이 삼식이 같은 놈!"
 그러자 금방 전까지만 해도 어지간한 말은 다 받아줄 것 같던 검정 상의를 걸친 아이의 표정이 확 바뀌더니 멱살을 마주 잡고 당장 한 대 칠 기세로 언성을 높였다.
"다시 한 번 말해봐."
"흥, 하라면 못할 줄 알고? 이 삼식이 같은 놈아!"
 도저히 입에 담아서는 안 될 욕이라도 되었을까?
 '삼식이 같은 놈'이라는 욕이 두 아이가 주먹질을 하는 시발점이 되었다.
 정신없이 주먹을 휘두르는 아이들, 한도 끝도 없이 울어대는 에일리.
 무엇보다 한 아이의 입에서 거론된 이름에 동칠은 의아할 수밖에 없었다.
 삼식이가 어떤 못된 짓을 저질렀을까? 그게 아니면 이 세상에 삼식이란 이름을 가진 사람이 또 있다는 말일까?
 '이 세계에서 삼식이란 이름은 흔한 이름이 아닐 텐데……'
 동칠은 목적지까지 다다르며 '삼식이 같은 놈'이라는 욕을 두어 번이나 더 들었는데, 그 욕은 꼭 애들에 한정되지 않았다.
 청년들, 심지어 어른들조차 그 욕이 나오기 무섭게 드잡이질을 한 것이다.

도대체 얼마나 심한 욕이기에?

※ ※ ※

 추레한 차림의 여인이 허둥지둥 달려와 노점을 펴고 있는 상인들에게 긴한 얘기를 전했다.
 "사, 삼식이 와요."
 이제나저제나 하루 벌어 하루 먹고사는 노점상들에게 그 소리는 두려움이 되어 일파만파 번져 갔다.
 "뭐, 뭐요?"
 "삼식이 온다고 하잖소! 어서 도망칩시다!"
 서로 빠져나가려는 사람들로 인해 졸지에 시장 한복판이 아수라장이 되었다.
 그 와중에 젖도 떼지 않은 아이를 등에 업고 있는 여인의 손수레가 도망치던 노점상들에 의해 엎어지는 바람에 그 안에서 과일들이 쏟아져 나와 사방으로 굴렀다.
 절박한 심정으로 과일을 주워 담는 여인이 측은하게 보였을 만도 하건만, 바로 전까지 노점을 펴고 있던 상인들은 나 몰라라 줄행랑을 쳤다.
 상하고 망가진 과일이 태반이라 기어이 여인의 눈시울이 붉어졌다. 그러면서 하나라도 더 담아보겠다는 손이 처연하기만 하다.

거물 • 249

보다 못한 젊은 노점상이 제 손수레를 팽개치고 와서 거들었다.

"제가 도와줄게요. 괜찮아요?"

그 마음씨에 감동한 여인은 고마움을 담은 눈으로 고개를 끄덕였다.

더한 위로가 필요하다 여겼는지 젊은 노점상, 아니 청년은 제 살길만 찾아 떠나는 노점상들을 모진 말로 꾸짖었다.

"야박한 사람들, 혼자만 살겠다고!"

이어, 고개를 돌리며 성한 과일을 잡으려던 청년은 무심코 여인의 손을 잡고 말았다.

뜻하지 않은 상황에 수줍음과 그윽한 시선이 오가며 둘의 내면에서 애틋한 감정이 싹틀 무렵이었다.

푸작.

검은색 구두가 붉은 과일을 터트리며 나타났다. 그것을 시작으로 여기저기에서 고성방가가 들려왔다.

"어쭈, 이것들, 누가 여기서 장사하래?"

"간이 배 밖으로 튀어나왔냐?"

타이르는 듯한 말소리도 이어졌다.

"좋은 말로 할 때 내려들 두고 가라."

필사적으로 도망치겠다고 아등바등했지만, 과일을 주워 담는 이들을 제하고도 차마 못 빠져나간 노점상들이 있었다.

노점상들은 너도나도 입을 모아 나타난 대상에 대해 두려움을 표했다.

"사, 삼식이······."

그렇다. 티모르 마을에 악명이 자자한 삼식이 나타난 것이다.

자신의 명성이라도 떨치려는지 검은 구둣발의 주인인 삼식은 입아귀를 늘어뜨리고서 이빨 틈새로 침을 뱉어냈다.

찍.

불쾌한 표정을 짓고 있던 삼식은 불만을 함께 온 산적들에게로 돌렸다.

"왜 이렇게 굼떠? 서두르지 않고!"

산적들이라고 배려와 양심이 없는 건 아니었다.

왜, 행인들에게서 돈을 갈취할 때도 여비는 남겨 보내주지 않던가.

그런데 삼식은 도무지 그런 게 없었다.

어쨌거나 자신들을 이끄는 자의 명령인지라 산적들은 일말의 양심까지 저버리며 가판대와 손수레에 든 것들을 강압적으로 착취하기 시작했다.

"한 번만 봐줘요."

"제발 살려 주세요."

절박한 심정에 노점상들이 산적들의 옷가지를 붙들고 사정사정을 해도 소용없었다.

오히려 그럴수록 산적들은 삼식의 눈초리를 의식해 노점

상들을 사납게 패대기쳤다.

"이거 못 놔? 옷 늘어지게 시리."

말은 그렇게 했지만 그들의 마음속은 달랐다.

'제길, 우리도 이러고 싶어 이러는 게 아니라고.'

노점상들의 얼굴엔 절망이 가득했다.

그들 또한 팔거리를 사와야 하는데 이렇게 다 가져가버리면 당장 내일이 막막해지는 것이다.

물건을 전량 회수했지만 산적들의 얼굴에 의기양양함이라고는 없었다.

그들 스스로도 떳떳치 못했던 탓이다.

그게 싫었던지 산적들은 노점상들에게 주먹과 발까지 휘둘러가며 겁을 주어 내쫓았다. 눈에 보이지 않으면 창피함도 덜하리란 생각에서였다.

그 와중에…

"거기, 꼬마."

삼식이 불렀지만 대답이 없다.

그도 그럴 것이 작은 한 손에 꼭 들어오는 달달한 과일 사탕을 빨고 있는 사내아이는 세상 물정 모를 나이다.

삼식은 곁에 있던 아둔해 보이는 인상의 산적에게 명령했다.

"고란, 저놈 호주머니에 있는 거 털어봐."

또다시 삼식의 명령인지라 거절할 수 없었는지 고란이라

불린 산적은 내키지 않은 걸음을 옮겨 갔다.

투박한 손이 아이의 바지 주머니에 다 들어가질 않아 고란은 두 손가락만 집어넣어 주머니를 뒤집고, 반대편 주머니도 뒤집었다.

그러자 2쿠퍼가 나왔다.

삼식이 다가가더니 고란의 손에 든 2쿠퍼를 확 낚아채서는 살폈다.

"이거 우리 돈 아냐?"

"마, 맞네."

동전에 이름을 새겨 놓을 리는 없다.

고란과 삼식의 대화가 얼마나 어처구니가 없었으면 근처에 있던 산적들마저 양심이 찔끔할 정도였다.

그러나 삼식한테 이 2쿠퍼가 성에 찰 리가 없었다.

제 것을 빼앗겼다는 억울함은 알았던지 쪽쪽 빨아대던 과일 사탕도 입에서 떨어뜨린 채 아이는 손으로 눈을 훔치며 울음을 터트렸다.

"으아앙."

그 울음소리가 삼식의 기분을 헝클었다.

"속옷까지 싹 벗겨. 그래야 정신을 차리지."

"사, 삼식아… 그래도 그건 좀."

"벗기라면 벗기지, 잔말이 많아!"

삼식의 명령을 어길 순 없다. 그랬다간 시모에르의 귀에 들어갈 테고, 두목 알카에르의 귀에까지 들어갈 수 있다.

아닌 게 아니라 자신의 산적 동기 올투가 그 일로 두목에게 불려갔던지라 여기 있는 누구도 삼식의 눈 밖에 나서는 안 된다는 걸 알고 있었다.

결국 닦달에 못 이겨 고란은 원치 않게 아이의 옷을 벗겼다.

자연히 보는 산적들의 눈살도 절로 찌푸려졌다.

아이는 울고 발버둥을 쳤으나 어른의 힘을 감당해낼 수는 없었다.

"으아아아앙!"

발가벗겨져 다리를 동동 구르고 울고불고 소리치는 아이에게 더 볼일이 없는지 삼식은 등을 돌렸다.

"철수!"

고란은 방금 벗긴 지린내가 솔솔 풍겨 오는 아이의 옷에 코를 가져대다가 이맛살을 찌푸렸다.

그리고 당장 버리고픈 마음에 삼식에게 물었다.

"이건 어떻게 하지, 삼식아?"

"들고 와. 빨아서 팔면 되니까."

노점상들에게 착취한 것들을 끌고 가는 산적들의 어깨가 축 늘어졌다.

저마다 이 생활에 회의를 느끼는 것이다.

그 시각.

동칠은 함께 마을로 온 율카스에게 몇 가지 잔심부름을 시킨 뒤 포목점에 들렀다.

그리고 삼식에 얽힌 얘기를 너무 말라 볼이 쏙 들어간 포목점 주인을 통해 들을 수 있었다.

"아, 삼식이?"

로부터 시작된 아는 체는 장황하게도 늘어지기 시작했다.

"황룡반점 삼식이지. 처음과 다르게 장사가 잘 안 되었던 모양이야. 자네처럼 자장면을 판다고 했지, 아마? 그런데 그 자장면이라는 게 자장면이 아닌 듯해. 손님 중에 먹어본 사람이 있다던데 모양만 비슷하지, 맛은 최악이라더군. 오죽하면 호객꾼한테 붙들리지 않으려고 사람들이 길을 돌아서 갔겠나? 자연히 손님들 발길도 뚝 끊기고, 매상이 바닥을 치다 보니 힘들었던 듯하이. 그래서 독해졌다고 들었네."

자장면 얘기가 나오니 삼식이 맞기는 한 모양이다.

동칠은 삼식의 실제 사정을 몰랐다.

자다 깨어 오토바이를 타고 어딘가로 달아났다는 것 말고는 일체 아는 게 없던 것이다.

형 동생 하던 사이에 그러한 사정 또한 모르고 있던 데는 전적으로 삼식의 탓이 컸다.

'그때 녀석이 기어오르지만 않았더라도……'

울화가 치밀어 앞뒤 보지 않고 두들겨 팼지만, 암만 미워도 동생은 동생이다.

 동칠은 되도록 삼식의 편에서 이해하고자 했다. 그러려면 지금의 삼식이 어떻게 저런 평판을 가지게 되었는지를 아는 것도 중요한 일이었다.

 "독해지다니요? 어떻게요?"

 "이 일대 식당 상인들과 손을 많이 잡았지. 질서를 유지한다는 명목으로 노점상들을 다 내쫓고……."

 "잠깐만요. 식당 상인들과 손을 잡아요?"

 "그렇다네. 뭐, 독점권을 행사하는 자에게 힘을 합쳐 대항을 해야 한다나? 뜻이 같은 상인들이 꽤 있던 모양이야."

 일전에 삼식이 찾아왔을 때, 와룡반점의 반을 달라고 했었다. 그에 더해 황룡반점을 차렸다는 것만 보아도 그가 와룡반점을 탐내고 있다는 건 명백하다.

 확실치 않지만 동칠은 삼식의 생각을 조금이나마 엿볼 수 있었다.

 '이 자식이…….'

 좋게 생각해주려 해도 좋게 생각할 수가 없다. 기어오른다는 게 맞을 것이다.

 식당 상인들이 동칠 자신을 탐탁찮게 생각하고 있다는 건 예전부터 알았다. 와룡반점 때문에 손님이 떨어졌다며 종종 항의를 하러 온 이들도 있었으므로.

 물론 받아줄 부분이 아니어서 동칠은 그들을 외면했다.

음식 맛을 못 내는 데 그 이유가 있는 것을 어찌하란 말인가?

그렇다고 문을 닫을 수도, 음식의 맛을 고의로 떨어뜨려 손님에게 내어갈 수도 없는 일이었다.

문제는 식당 상인들을 규합한 대상이 삼식이라는 점이다.

무엇보다 동칠은 삼식이 반성하는 기미를 보이지 않는 데에 화가 나 있었다.

제 잘못을 인정하고 뉘우치면 어느 정도는 도와줄 생각도 있었건만, 삼식은 정반대의 길을 가고 있다.

정이 없다면 모르되 남아 있기 때문에 미운 것이다.

동칠은 삼식을 어찌해야 좋을지 고민했다.

삼식에게 고통 받는 사람들을 구제해주겠다는 넓은 오지랖이 아니었다. 버릇없는 녀석을 혼찌검을 내야 되겠다는 생각, 단지 그것뿐이었다.

'덜 맞았다.'

덜 맞았기에 눈에 안 보이는 데서라도 기어오를 수 있는 것이다.

골똘히 생각한 결과가 그것이었다.

결심을 굳힌 동칠은 포목점 주인에게서 구입한 옷들을 주섬주섬 챙기고는 일어섰다.

"아니, 벌써 갈 겐가?"

"가야죠. 할 일이 있어서요."

머릿속에 삼식의 면상을 그리며 일어서려는데 발이 걷히는 소리와 함께 손님이 들어왔다.

"어서 옵쇼."

인사를 하는 포목점 주인의 얼굴에 그늘이 드리워지고 있다.

이를 의아하게 여긴 동칠이 뒤로 돌았더니 낯익은 복장의 얼굴이 서 있었다.

칙칙한 검은색 로브에 눌러쓴 후드 사이로 드러난 퀭한 눈, 살이 없어 앙상한 손에 핏줄이 도드라진 남자.

포목점 주인이 두려운 눈을 하는 건 그의 분위기가 음산하기 그지없었기 때문이다.

그렇지만 동칠은 일전에 보았던 적이 있는지라 그를 대함에 있어 거리낌이 없었다.

"안녕하세요."

그 또한 목소리로나마 동칠을 반갑게 맞았다.

"와룡반점 사장님 아니십니까? 이런 데서 다 만나는군요."

춘장이 다 떨어져 갈 무렵, 자신이 익힌 부패 마법으로 발효를 돕겠다고 했던 흑마법사가 바로 이 사람이다.

동칠은 흡족히 웃다가 정색을 했다.

눈앞의 흑마법사가 목에 걸고 있는 건 분명 조개껍데기들이었다.

순간, 동칠의 머릿속에서 짬뽕에 대한 갈망이 부상하며 삼식에 대한 미움을 까맣게 잊도록 만들었다.

시간이 지나면 저절로 다시 떠오르겠지만 말이다.

동칠은 줄로 이어 붙인 조개껍데기들에 고개를 들이밀고 뚫어져라 바라보며 물었다.

"전에는 못 보던 건데, 이건 어디서 났어요?"

짬뽕을 만들기 위해 그토록 수소문을 했어도 알지 못했던 것이라 동칠이 가지는 관심이란 남다를 수밖에 없었다.

흑마법사는 조개껍데기를 들어 응시하며 동칠의 질문을 확인했다.

"이거 말입니까?"

"네."

"마드리아 해에서 주웠습니다."

"거기가 어딘데요?"

짤막한 문답 형식에 종지부를 찍어야겠다고 생각했는지 유심히 동칠의 표정을 훑어본 흑마법사는 지레짐작으로 그의 의중을 헤아리고서 입을 열었다.

"이게 필요하신 모양이로군요. 하지만 구하기가 쉽지 않습니다. 이건 저도 일이 있어 들르던 중 우연찮게 발견한 것입니다. 무엇보다 마드리아 해는 사람이 잘 다니지 않는 곳이라······."

"사람이 다니지 않아요? 왜요?"

"오크들이 해안가에 군집해서 살다 보니 그렇습니다."

오크.

 직립보행을 하며 지능이 높아 인간처럼 도구를 사용하고 무리 지어 생활한다. 대체로 오크들은 인간과 적대적인 관계여서 오크 서식지는 일반 사람들이 발을 들여서는 안 될 금지 구역으로 분류되어 있었다.

 하지만 동칠이 이런 사항을 알 리 없었다.

 단지 종종 기사들이 고스톱을 치며 오크를 비하해 입에 올리는 내용을 들었는데, 크게 위험한 놈들이라기보다 조금 웃긴 녀석들, 그렇게 인식하고 있었기에 별로 신경 쓰지 않았다.

 "마드리아 해는 여기서 거리가 멉니까?"

 "영지의 마법진을 이용하면 그다지 먼 거리는 아닙니다. 하지만……."

 말끝을 흐리고 있다.

 위험성을 강조하려는 것인데, 동칠은 급한 성미를 이기지 못하고 채근부터 했다.

 "안내해줄 수 있어요?"

 "뭐, 못 갈 곳은 아니니 안내야 해드릴 수는 있습니다. 다만 조심하셔야 할 겁니다. 제가 지켜 드리기는 하겠지만……."

제8장
오크와의 협상

 그길로 동칠은 흑마법사 데몬을 따라 마드리아 해로 향했다.
 눈 깜짝할 새에 장소를 이동시켜 주는 공간 이동은 동칠에게 놀라움으로 다가섰다.
 '세상에, 이런 게 가능하다니…….'
 지구에 아무리 과학이 발전했어도 육해공 통틀어서 이런 이동 수단은 없다.
 율카스, 데몬, 그리고 자신.
 워낙 진귀한 경험인지라 동칠은 세 사람의 몫으로 공간 이동 마법사에게 지불한 30실버가 전혀 아깝지 않았다.
 심부름이나 시킬 요량으로 마을로 데리고 왔던 율카스를

여기까지 끌고 온 건 더 많은 조개를 가져가기 위해서였다.
 율카스도 하등 불만이 없어 보였다.
 더군다나 항시 검을 차고 있는 율카스가 믿음직스럽게 보여 동칠은 그 어깨에 팔을 걸었다.
 새삼스러운 행동에서 의미를 알아차리려 율카스는 눈을 크게 떴다.
 '이건 사장님께서 나를 신뢰하신다는 뜻인가?'
 그렇게 생각하니 율카스는 기분이 부쩍 좋아져 없던 용기까지 치솟았다.
 '그래, 오크든 뭐든 와라. 이 율카스가 모조리 제압해주마!'
 그러나 또 오크들이란 존재를 떠올리니 살포시 두려움도 샘솟는다.
 '하나면 몰라도 여럿은 자신 없는데……'
 대개 오크들이 그러하다.
 한 녀석이 당하면 두 녀석이 몰려온다. 그 두 녀석을 쓰러뜨리면 다시 네 녀석이 몰려온다.
 기사 생활 동안 율카스가 상대해본 오크들이 보통 그러했다.
 그래도 상황을 나쁘게 볼 것만은 아닌 듯했다.
 이 길엔 흑마법사도 있고, 또 가장 신뢰하는 사장님까지 있질 않은가!

최악의 경우 죽는다 한들, 자신은 기사로서의 명예를 지킨 것이 되니 어찌 이롭지 않을쏘냐!

스스로 의롭고 대단한 일을 한다는 생각이 들어 율카스의 발걸음은 절대 무겁지 않았다.

동칠의 머릿속에 실종되었던 삼식에 대한 생각이 떠오른 건 이즈음이었다.

'…급한 일은 아니니까. 형이 기회를 준다.'

삼식을 손봐주는 건 조개를 구한 후에 해도 된다. 그동안 동칠은 삼식이 제 잘못을 뉘우치길 바랐다.

한편, 데몬은 함께 온 두 사람이 걱정되었다. 둘의 표정이 나들이 나온 사람들처럼 태평해 보여서였다.

'종업원, 아니 수행원이야 그렇다 쳐도 아차 하면 세상에 없어서는 안 될 아까운 사람 하나 가겠구나. 그를 보호할 최후의 수단이야 있긴 하지만……'

데몬은 혹여 있을지 모르는 동칠의 죽음을 애석하게 생각했다.

그가 없으면 자신의 즐거움 중 하나가 사라져 버리는 꼴이니 그럴 만도 했다.

상념을 뒤로한 채, 데몬은 멀리 지평선이 보이는 짙푸른 바다에 눈이 팔려 있는 동칠에게 말했다.

"사해입니다. 굉장히 위험한 게 이쪽 바다입니다. 저희 인간은 상상도 못할 몬스터들이 깔려 있습니다. 때문에 해적들도 미치지 않고서는 이쪽으로 출몰하지 않습니다."

동칠은 그런 걸 걱정하거나 상상한 게 아니었다.

이 바다를 통하면, 어쩌면 원래 자신이 살던 세계로 돌아갈 수 있지는 않을까 하는 망상을 품었을 뿐이다. 색깔만 보면 꼭 인천 앞바다나 다를 바 없었기 때문이다.

일찌감치 미련을 접어버리고서 동칠은 딴생각을 품었다.

'가만, 오징어 잡으려면 여기까지 와야 하나?'

백 번의 설명보다 한 번의 보여 줌이 나을 듯해 동칠은 펜과 메모지를 꺼내어 기억하고 있는 오징어의 모습을 그린 후 데몬에게 보여 주었다.

"이 바다에 이런 것도 있어요?"

"신기한 괴물이군요. 그런 건 없지만 대신 이런 놈은 있죠."

데몬은 그 응대로 동칠의 손에 있던 펜과 메모지를 빌려 쓱쓱 스케치를 해나갔다.

그의 실력이 뛰어난 나머지 동칠이 그 그림을 알아보는 데는 어렵지 않았다.

하지만…

"문어네요."

"문어요? 그건 또 무슨 몬스터인지……. 아무튼 제가 그린 건 크라켄입니다."

감상평은 틀렸다.

크라켄.

어지간한 범선이나 갤리선은 박살을 내어 수장시켜 버리는 초거대 몬스터다.

물론 크라켄의 외형이 문어와 흡사한 점이 많았기에 동칠이 오해를 할 만도 했다.

동칠은 크라켄을 '바다의 꾸뤼릭쯤이나 되겠지.'라고 판단하고는, 짬뽕 국물이 제 맛을 내지 못하면 언젠가 이곳으로 와 오징어 대용으로 놈을 잡아야겠다는 위험한 발상을 품고 있었다.

데몬은 걸음을 재촉했다.

"자, 서두릅시다. 오크들의 눈에 발각되면 꽤 골치 아파질 테니……."

늦었다.

이미 한 오크가 동칠과 시선을 교환하고 있는 것이었다.

동칠의 눈에 비친 오크는 두 발로 땅에 서 있지만 도저히 인간이라고는 볼 수 없었다.

'코는 없고 콧구멍만 있네?'

비단 그뿐이 아니었다.

오크라는 저것은 초록색 피부에 막 헬스장을 다녀온 듯한 우람한 근육질이었고, 아래의 뻐드렁니는 코에 닿을 듯 길게도 뻗어 있었다.

손에 든 저것은 원시인들이나 들고 다녔을 법한 돌망치였다.

오크와의 협상 • 267

"취익, 그라둔 파파루 휴메(인간, 여기가 어디라고)!"

오크는 경고를 하고 있지만 그 뜻을 알아들을 수 없는 동칠은 손을 흔들며 인사를 했다.

"안녕."

암만 적의를 품고 있다 하더라도 이쪽에서 싫어하는 색을 보이지 않으면 태도가 조금 누그러지지는 않을까 라는 계산이었다.

"하하, 사장님, 농담도……."

율카스는 그 얼굴에서 잠시나마 머물렀던 웃음을 싹 지우며 비장한 빛을 떠올리고는 뒷말을 이었다.

"제가 처리하겠습니다."

마침 그때 오크도 달려들기 시작했다. 용맹함이라도 과시하려는지 이쪽은 셋인데도 전혀 움츠러듦이 없다.

율카스도 오크를 맞아 달리면서 검을 뽑았으니, 햇살이 예리한 날에 닿아 부서진다.

그때, 돌연 칠흑같이 검은 기운이 일었다.

오크와 율카스에게 정신이 팔려 있던 나머지 동칠은 바로 옆에서 데몬이 주문을 영창하는 소리도 못 들었던 것이다.

데몬이 캐스팅을 마치자 오크의 발밑에서 검은 손이 솟아나며 그 움직임을 봉쇄했다.

"자, 묶어두었으니 어서 도망칩시다. 오크들은 동료의 피 냄새에 예민해서 한 녀석을 쓰러뜨리면 다른 녀석이 달려올 겁니다."

차마 그 얘기를 못 들었던지 율카스는 기합성과 함께 힘껏 검을 휘두르고 있었다.

"이얍!"

와룡반점에서 일하며 실력이 녹슬지 않았음을, 아니 오히려 더 진보했음을 증명이라도 하듯 그의 검은 오크의 뱃가죽을 갈랐다.

푸슥, 치이익!

갈라진 뱃가죽에서 바람 소리와 함께 녹색 피가 터져 율카스의 몸을 흠뻑 적셨다.

털푸덕.

침입자를 처리하지 못해 애석하다는 듯 쓰러지는 오크를 두고 율카스는 한껏 포즈를 취하고 있다.

그를 보는 데몬의 얼굴에 아연함이 가득 찼다.

"아……."

이미 저질러져 버렸다.

쓰러진 오크도 문제지만, 그보다 오크의 피를 뒤집어쓴 율카스가 더 문제였다.

데몬 자신이라고 해서 오크를 못 잡아서 안 잡은 게 아니었다.

데몬은 일이 어렵게 되었음을 느끼고 동칠에게 물었다.

"돌아갈까요?"

그 대답은 멋들어지게 검을 검갑에 쑤셔 넣으며 어느새 다 가온 율카스가 대신했다.

"다 와서 돌아가다니요? 그럴 수는 없지요."

자신만만함도 저런 자신만만함이 없다.

자신이 상황을 악화시켰다는 건 알고 있는 걸까?

동칠 앞이라 내색은 못하고 머쓱히 웃고 있지만, 데몬은 솔직히 율카스가 한심하기 짝이 없었다.

"하하, 그래도 이 녀석 동료들이 몰려오면 고달파질 듯합니다. 돌아갔다가 며칠 뒤에 다시 옵시다."

동칠도 그건 싫었다. 온종일 자장면만 만드는 것도 이제 신물이 났기 때문이다.

또한 몇 녀석이 더 온다 한들 율카스가 한칼에 쓰러뜨린 녀석들이라 크게 문제 될 것도 없어 보였다.

해서, 빤히 자신에게 어리석은 수하를 설득해달라는 듯한 눈짓을 보내고 있는 데몬의 편을 들어주지 않았다.

사장이 침묵하니 그 종업원이 버릇없는 망아지가 되어갔다.

"자자, 갑시다."

자타가 공인하는 데몬의 어깨에 함부로 손을 올리고 있질 않은가!

탁월한 마법 수준과 넓은 인맥, 그리고 유명세에 힘입어 흑마법사 계보에까지 올라 있는 그다.

병사들은 물론 어지간한 기사들조차 상대도 안 해주는 자신이거늘, 얼마나 친하다고 어깨에 손을 올린단 말인가?

언짢은 건 둘째 치고, 오크 한 녀석 쓰러뜨렸다고 유세를 떠는 식당 종업원 율카스가 데몬에게는 같잖게 느껴질 뿐이었다.

평시라면 흑마법으로 주제를 가르쳐 주었을 테지만, 자신이 세상에 꼭 필요하다 여기고 인정한 동칠 앞이라 데몬은 그럴 수 없었다.

데몬은 속으로나마 그를 꾸짖으며 나빠지려는 기분을 다스렸다.

'멍청한 자. 군대가 와도 이곳에서는 조심을 해야 하거늘, 세상 무서운 줄 모르고 날뛰는 꼴이라니…….'

율카스의 뜻을 마다치 않을 것이었다.

여기가 오크들의 무법 지대라 한들 데몬 자신은 살아나갈 방법이 있었다.

문제는 동칠. 물론 동칠도 살릴 방법이 없는 건 아니었다.

하지만 데몬은 율카스는 여차하면 버려야겠다는 독한 생각을 품었다.

뭣도 모르고 율카스는 신이 나 있었다.

역시나 데몬의 예상대로 얼마 가지도 못해 오크 세 녀석이 동료의 피 냄새를 맡고 추격해왔다.

"취익, 크룬델(거기 서라)!"

그에 율카스가 돌아서더니 목을 빙 돌리며 거만한 말투로 중얼거렸다.

"하, 두 녀석일 줄 알았는데 세 녀석이네."

그 기고만장함에 데몬은 이맛살을 찌푸렸지만, 동칠은 율카스가 이번에도 잘해낼 것이라고만 믿고 있는지 빙그레 웃었다.

그래도 썩 자신은 없었는지 율카스는 일을 확실히 하고자 데몬에게 요청했다.

"흑마법사님, 아까 그 손으로 묶어주실 수 있으시죠? 한 녀석이면 됩니다."

"사방에 오크 피를 흩뿌리고 다닐 생각이요?"

어리석음을 일깨워주려 따갑게 쏘아붙였건만, 율카스는 자신의 입장을 분명히 고수했다.

"걸어오는 싸움을 마다할 순 없잖습니까. 오크한테서 후퇴라니, 제겐 있을 수 없는 일입니다. 안 도와주시겠다면 혼자서라도 해보는 수밖에요."

"그 피 냄새가 다른 오크들을 더 부르는데도?"

거의 동시에 뱉어진 말이었다.

정확히는 데몬의 경고는 율카스의 의욕만 앞서는 말투에 파묻혀 버린 게 맞았다.

이번에도 율카스는 오크들이 달려오는 걸 보고 웅크리지 않고 마주 달려가는 용기를 과시했다.

그러나 오크들에게는 인간들에게서 엿볼 수 있는 일기토

같은 싸움의 낭만이 없었다.

상대가 한 명인데도 오크들은 세 놈 전부가 몰려들어 무지막지하게 돌도끼를 휘둘러댔다.

쾅창!

오크의 돌도끼와 율카스의 검이 부딪치며 불꽃이 튄다.

한 번에 셋을 상대해야 하는지라 율카스는 사력을 다해 자신의 애검을 현란하게 휘두르며 고성을 내질렀다.

"이야압!"

짧은 기합 소리 한 번에 매서운 검이 휘둘러진다.

서슬 퍼런 날에 가속도가 붙으니 슬쩍만 닿아도 오크들의 피부가 어김없이 찢겼다.

율카스가 이토록 자신감이 넘치는 건 오크들의 전투력이 꾸뤼릭보다 현저히 낮았기 때문이기도 하지만, 그간 보덴의 어깨 너머로 가르데일의 검술을 본 게 있어 실력이 늘었다고 생각했기 때문이다.

상대가 너무 강자여서일까? 오크들은 당황하는 빛이 역력했다.

"취익, 취르륵 카악 키에르(너는 옆구리를 노려라)."

"취익, 가오구르바 크렉 칼룸(일단 자빠뜨리는 게 좋지 않을까)?"

"취익, 파락 쿠르 이제치(이것들아, 떠들고 있을 시간 없다)."

그 말 그대로, 떠들고 있을 시간이 없다던 오크가 율카스의 맹공으로 수세에 몰려 있었다.

몰아치는 율카스의 검을 죄다 받아내지 못한 오크는 삽시간에 허벅지와 옆구리를 찔리고, 아픔으로 돌아서는 과정에서 엉덩이까지 총 세 번의 찌르기를 당하고 쓰러져 갔다.

그래도 숨이 다하진 않았는지 녀석은 차가운 모래 바닥에 누운 채로 겨우 입을 열어 제 동료들을 탓했다.

"취이익, 쿠안케 가루(망할 것들)……."

한 녀석을 쓰러뜨렸다는 사실에 잠시나마 마음을 놓은 것이 화근이었을까?

느닷없이 데몬이 경고를 던졌다.

"옆을 조심하시오!"

율카스가 뒤늦게나마 위험을 감지하고 비스듬히 고개를 돌려 보았더니 정말 자신의 옆구리로 돌도끼가 쇄도하고 있었다.

위기에서 벗어나려 율카스는 땅을 박차고 반대편으로 뛰었는데, 그사이 다른 오크가 몸을 날려 그를 덮쳐 왔다.

공중에서 자유롭지 못한 율카스는 오크의 몸통 박치기에 그대로 나뒹굴었다.

충격이 예상외로 컸던지 그는 자신을 자빠트린 오크를 노려보며 입술이 터져 흐르는 피를 훔치는 동시에 일어서려 폼을 잡았다.

"이 녀석, 제법인데……."

너무도 여유를 부렸던 나머지 그의 옆구리를 노렸던 오크가 어느새 다가와 머리를 부술 기세로 돌도끼를 내리찍고 있었다.

"취익, 다이달 휴메(죽어라, 인간)!"

저대로 두면 끔찍한 일이 벌어질 것이다.

아까는 모르쇠로 일관하려 했지만, 막상 그가 궁지에 몰리자 데몬은 생각이 급변했다.

'아둔한 자 같으니라고…….'

혀를 차며 그가 황급히 마법 지팡이를 치켜들고 캐스팅 시간이 짧은 마법이라도 구사하려 할 무렵이었다.

파팟.

원인 모르게 오크가 허공으로 떠오르고 있다.

"헛?"

분석은 데몬보다 아까 율카스를 자빠트렸던 오크가 빨랐다.

오크 녀석은 눈알이 튀어나올 정도로 눈꺼풀을 벌린 채 자신의 동료를 향해 손을 뻗은 동칠을 주시하고 있었다.

어지간해서는 겁을 먹지 않는 게 오크이거늘, 녀석은 동칠과 시선이 마주친 게 그리도 무서웠던지 뒷걸음질을 치고 있었다.

곧 하늘로 떠올랐던 오크가 땅으로 곤두박질쳤다.

털퍼덕.

기어이 남은 오크는 겁에 질려 부상을 당한 제 동료들까지 버린 채 달아나기 시작했다.

자신의 동료를 쓰러뜨린 검사에 대한 두려움이 아니라, 방금 전 검은 머리카락의 인간이 행사한 알 수 없는 힘에 대한 두려움 때문이었다.

뒤통수만 보이는 저 오크와 달리 데몬은 동칠의 힘을 목격하지 못했다.

그렇기에 그는 더더욱 놀랄 수밖에 없었다.

'주문 영창 소리도 못 들었는데. 무슨 힘을 사용한 거지?'

분명한 건 동칠과 방금 떨어진 오크는 결코 손을 뻗어 닿을 거리가 아니었다는 점이다.

그때, 이런 일이 벌어질 것을 마치 예견이라도 했다는 듯 율카스는 옷에 들러붙은 흙을 털며 태연히 일어섰다.

그리고 옷을 정갈히 한 그는 동칠에게 다가오더니 허리를 깊이 숙였다.

"사장님께서 손을 쓰시게 만들 생각은 없었는데, 심려 끼쳐 드려 죄송합니다."

"아냐, 됐어."

원래의 주군이었던 아크만 남작을 따라 돌아다니며 종종 부딪쳤다고는 하지만 율카스가 오크를 셋이나 맞아 이렇게 기고만장할 수 있었던 데는 또 하나의 이유가 있었다.

내색은 않았지만 가르데일마저 입에 달고 칭찬해대는 동칠에 대한 믿음이 그 이면에 있던 덕분이다.

그렇다고 그의 기사 된 입장에서 '사장님, 저 위험에 처하면 도와주셔야 합니다.'라고 확답을 얻어내는 것도 예의에 어긋나는 일이었다.

시키지 않아도 꾸뤼릭을 상대할 때처럼 일단 맞서 싸우는 게 율카스가 보여야 할 태도였다.

이후에 문제가 생기면 저번처럼 주군, 아니 사장님께서 끝을 보시리라.

데몬이나 율카스가 자신을 어떠한 시선으로 보는지 동칠은 알지 못했다.

그는 그저 먼 곳에서 율카스가 위기에 처해 있다는 걸 알고 손을 뻗어 염력을 행사한 것뿐이다.

'내가 율카스를 대신해 저런 무지막지한 싸움에 나섰다면?'

상상만 해도 끔찍했다.

동네 양아치들과의 시비나 삼식을 줘 패는 것 말고는 이렇다 할 전투 경험이 없는 동칠이었기에 당연한 반응이었다.

물론 그 외에도 꾸뤼릭에게 겁도 없이 접근한 적이 있기는 하지만, 어디까지나 그건 착오에서 비롯된 일이었다.

실상 사람의 살을 가르는 검이나 뼈를 부수는 돌망치 같은 무기를 휴대하고 있다는 것만으로도 동칠에게는 충분한 위협이 된다.

 아니, 그건 동칠뿐 아니라 대한민국에서 평범한 생활을 했던 사람들이라면 누구나 그러할 것이었다.

 검과 무기를 휴대하는 게 보편화되어 있고 난폭한 몬스터들이 즐비한 이렇게 험한 세상.

 동칠은 자신 곁에 있는 기사들이 없었으면 어땠을까 하는 가설에 사로잡혔다.

 이제야 드는 생각이지만 그들이 곁에 있다는 것만으로도 고마웠다.

 '더 잘해줘야겠다. 월급도 좀 올려 주고……'

 기사들뿐 아니라 가르데일을 비롯한 주변 인물들이 자신을 한없이 오해하고 있다는 것도 모른 채 동칠은 그렇게 마음을 다졌다.

 갑자기 진지해진 표정의 동칠을 보고 또 한 명 오해를 갖기 시작한 인물이 있었으니, 바로 데몬이었다.

 '내가 사람을 잘못 봤구나. 그냥 식당 주인이 아니었다. 힘을 숨기고 있었다니. 그의 음식점에서부터 알아봤어야 하는 것을……'

 거기다 동칠은 평범하지 않은 외모의 소유자다.

 생각이 깊은 곳까지 미치기 시작하더니 급기야 데몬은 걷잡을 수 없는 두려움에 사로잡혔다.

 '호, 혹시… 블랙 드래곤?'

가공할 존재!

드래곤은 대륙 최강의 생명체로 손꼽힌다.

이 드래곤들은 타 종족들에 비해 개체수가 적은데, 그들조차도 서식지와 고유의 색에 따라 여섯 종으로 분류되었다.

그린 드래곤, 골드 드래곤, 레드 드래곤, 블루 드래곤, 블랙 드래곤, 그리고 실버 드래곤이다.

고대의 대현자가 남긴 고서에 따르면 그린 드래곤은 숲을 선호하는 반면 골드 드래곤은 황야나 평원, 그리고 돌산에 주로 산다고 했다.

또한 블루 드래곤은 보석이 많은 종유 동굴이나 하늘과 가까운 고지대를 선호하는 데 반해 블랙 드래곤은 늪지나 해가 잘 들지 않는 어두운 곳을, 레드 드래곤은 화산 지대를 선호한다고 했으며 실버 드래곤은 보통 바다에서 산다고 적혀 있다.

그럼에도 데몬이 동칠을 길이가 수십 미터에 이르는 드래곤이라 착각하는 데는 그럴 만한 이유가 있었다.

드래곤이 대륙 최강의 생명체라 불리는 까닭은 저들 본신의 힘뿐 아니라 마법에도 능통해 있기 때문인데, 그들은 자신들만의 용언 마법으로 폴리모프를 할 수 있다고 전해진다.

즉, 다른 개체로의 변신이 가능한 것이다.

실례로, 유희를 위해 인간 생활을 영위한 드래곤들이 드물

게 있었다.

수천 년의 생명을 부여받은 그들이었기에 드래곤에 한정된 인생보다 더 많은 생을 느끼고자 함이었다.

작금, 데몬은 동칠이 그냥 드래곤도 아닌 블랙 드래곤이 아닐까 하는 의심을 하고 있었다.

성질 더럽고 포악하기로 으뜸간다던 그 블랙 드래곤 말이다.

그러니 데몬이 질겁한 눈을 하는 것이다.

마법을 사용했음에 주문 영창 소리가 안 났다는 것 또한 용언 마법이라면 설명이 된다.

'하지만 아닐 수도 있다. 동칠은 머리색은 검지만 홍채는 갈색이다. 그래, 아닐 거야. 드래곤은 그리 쉽게 목격할 수 있는 존재가 아니니까.'

데몬 자신의 스승이 그의 스승에게 들은 얘기에 따르면, 그가 보았다던 블랙 드래곤은 검은 머리카락에 검은 홍채를 가지고 있다고 했다.

물론 대륙에 검은 머리카락이 아무리 흔치 않다 한들, 그것만으로 드래곤이라 확신하는 건 억측이었다.

진실로 드래곤이 폴리모프를 한다면 동공이나 머리색은 얼마든지 다른 색으로 바꿀 수 있기 때문이다.

너무 생각이 길어진 탓에 앞서 가며 고개를 돌린 동칠로부터 싫은 소리가 들려왔다.

"안 오세요?"

"가, 가오."

미심쩍음을 안고 데몬은 부랴부랴 동칠을 쫓았다.

'그가 진짜 드래곤이라면 식당에서 요리나 만들고 있지 않겠지. 아무리 요리에 미친 드래곤이라 해도……'

해안가에 다다를 때까지 이상하게 더 따라오는 오크들은 없었다.

그리고 멀지 않은 바위틈에서 동칠은 조개를 발견할 수 있었다.

"와아, 정말 있긴 있네요."

한국에서는 흔해빠진 것이지만, 이 세상에서는 구경조차 힘든 것이었기에 손에 든 조개가 동칠은 그렇게 반가울 수 없었다.

굴 소스와 두반장이 상당량 남아 있기에 조만간 짬뽕을 개시할 수도 있으리라.

하지만 왜인지 데몬이 자신을 바라보는 시선이 걸린다.

"왜 그러세요?"

"아, 아니오."

데몬은 아직 완전히 오해를 걷지 못하고 있었다.

그가 정말 드래곤이라면 자신조차 아는 사실을 모를 리 없지 않은가.

작금, 데몬의 눈에 비친 동칠은 막 세상 구경을 하는 어린 아이 같았다.

'혹시 해츨링?'

착각은 또 다른 착각을 잉태하고 있었다.

성룡이 되지 못한 드래곤을 해츨링이라 한다.

수천 년을 사는 드래곤은 유년기가 보통 5백 년에 이르는데, 그 시기 동안은 드래곤이라 볼 수 없을 만큼 나약하기 그지없어 그 부모에 의해 바깥출입을 금지당한다.

그러나 이런 경우가 아예 없는 건 아니었다. 이따금씩 세상에 대한 궁금증을 참지 못해 폴리모프를 하고 바깥으로 나온 해츨링이 있었기 때문이다.

이 또한 고서에 기록되어 있는 부분이었다.

데몬이 엄청난 오해를 하고 있다는 걸 모르고 동칠은 그에게서 관심을 끊고 조개 줍기에 여념이 없었다.

'아아, 큰일이구나. 해츨링이 세상 밖으로 나왔다는 것을 알면 세상이 뒤집어질 수도 있을 것을……'

데몬이 이런 생각을 품은 데는 이유가 있다.

인간들은 드래곤의 심장, 즉 드래곤 하트에 무한한 힘이 담겨 있다고 믿고 있었다.

성룡이 되지 못한 해츨링의 것이야 그에 비추어볼 때 미약하기 그지없을지라도, 인간들에게는 그조차 엄청난 힘의 산물로 여겨져 온 것이다.

자연히 이 같은 정보가 바깥으로 새어나간다면 국가 간에 각축전이 벌어질 수도 있을 것이고, 재수가 없을 시에는 드래곤이 개입할 여지도 있다.

데몬이 펼친 상상의 나래는 거기까지 닿아 있었다.

정말 착각도 병이었다.

한 번 시작된 오해가 별의별 상념들까지 가져오는 바람에 데몬은 이제 세상까지 걱정하고 있다.

그런데 걱정이 걷히기도 전에 오크들이 무리를 지어 나타났다. 전쟁이라도 벌일 것처럼 비장한 각오를 품은 채!

"세상에!"

율카스가 꿈도 꾸지 못한 숫자였다.

오크가 몰려들 것이라던 데몬 역시도 저 정도로 많은 오크들이 올 줄은 몰랐었다. 어림잡아도 그 수가 오십은 되어 보였던 것이다.

자신들이 아무리 검술과 흑마법에 자신이 있다 한들, 저 정도 수를 감당하기에는 무리가 있었다.

저 숫자라면 인근의 소부락 하나가 모두 몰려왔다 봐도 과언이 아니었다.

또한 사실이 그러했다.

동칠의 힘을 본 오크는 겁에 질려 소장로에게 이와 같은 사실을 알렸고, 소장로는 과장이 보태진 설명에 보통 일이 아니다 싶어 거동이 불편한 오크들을 제외하고 부락민 전부를 끌고 이곳으로 온 것이다.

원래 오크들은 눈에 보이는 힘보다 미지의 힘을 두려워하는 습성이 있었다.

그들은 인간들의 군대보다 하늘에서 치는 천둥이나 땅을 뒤흔드는 지진 등을 두려워한다.

검을 든 기사들보다 지팡이에서 불덩이를 쏘아내는 마법사들을 꺼려하는 것도 이와 비슷한 맥락인 셈이다.

하물며 눈에 보이지도 않고 닿지도 않았는데 동료가 하늘로 날아갔다고 하니, 부락민을 책임지는 소장로가 예삿일로 받아들일 수 없는 것이다.

이미 엎질러진 물. 데몬은 행동에 앞서 뜻을 분명히 하고자 했다.

"이 상황을 타개할 방법이 없는 건 아니오. 다만 지금부터 오크와 싸워서는 안 될 것이오. 이것만은 분명히 해주시오."

율카스는 고개를 끄덕였다.

하지만 동칠은 너무 놀라 혼이 빠져나갈 지경이라 그러지 못했다.

그 모습에 데몬은 또 오해를 하고 말았다.

'무리도 아니겠지. 아무리 해츨링이라 한들, 하찮은 오크 따위가 머릿수로 협박을 하면 불같이 화가 날 것이다. 하지만 괜한 자존심을 내세우는 건 좋지 않을 터.'

제멋대로 판단한 데몬은 동칠에게 사정조로 부탁했다.

"당신 마음을 모르는 건 아니오. 하지만 부탁이니 이번 일은 나에게 맡겨 주시오."

감사할 따름인지라, 동칠은 고개까지 끄덕이며 고마움을 표했다.

"믿겠습니다."

허락이 떨어지자 데몬은 오크들 앞으로 나아갔다. 그러면서도 잡생각들을 떨치지 못했다.

'믿는다고? 수틀리면 그때는 다 엎어버리겠다는 건가?'

물어보면 편할 것을, 스스로 해답을 얻으려는 데서 문제가 발생하는 것이다.

긴한 일을 앞두고 있는지라 데몬은 잠시 동칠에 대한 생각을 접어야 했다.

"취익, 크콰르 꽉꽉(여기 지도자가 누구요)?"

데몬이 내뱉은 말은 인간의 언어가 아니었다.

순간, 인간이 오크어를 한다는 게 신기했던지 오크들은 적개심도 거두고 동료들을 돌아보았다.

"취익, 가룬다(비켜라)!"

바로 그때, 뒤쪽에서 들려온 소리에 오크들이 좌우로 바삐 비켜섰다.

그리고 무리들 틈에서 다른 오크들보다 비교적 덩치가 큰 젊은 오크가 지팡이를 짚고 있는 노쇠한 오크를 부축하며 걸어 나왔다.

데몬과 말을 섞는 건 노쇠한 오크였다.

"취이익, 포른. 시아타 붕게 크왈라 휴메(신기하군. 우리말을 할 줄 아는 인간이 있다는 게)."

그랬다. 데몬은 흑마법사임과 동시에 오크어를 배운 몇 안 되는 인간 중 한 명이었다.

하지만 오크어 역시 인간의 언어와 마찬가지로, 여러 갈래로 나뉘어져 데몬 또한 모든 오크와 대화를 할 순 없었다.

물론 데몬이 믿는 건 오크어가 아니었다.

그에게는 자신만의 탈출 방법이 있었다. 바로 흑마법을 이용해 그림자로 숨어드는 것이다.

그러나 마나가 많이 소모되는 마법이어서 그는 어디까지나 그것을 최후의 수단으로 미뤄두고 있었다.

지금 저 오크가 자신이 결정할 사안이 아니라며 따라오라는 말을 했음에도.

✽ ✽ ✽

제단!

군집 생활을 하는 거의 모든 오크들에게는 제단이 있다.

제단은 오크 조상들에 그 용맹함을 숭배하며 제를 올리는 용도로 쓰이기도 하지만, 오크들은 그것을 자신들의 우두머리, 즉 수장에 대한 상징으로 여기기도 한다.

또한 재판의 장소로도 쓰인다. 지금처럼…….

족히 수백은 넘을 것 같은 오크들이 제단 주위에 바글거렸다. 침입자에 대한 재판을 보기 위해서다.

졸지에 죄인이 되어버린 동칠과 율카스, 그리고 데몬은 제단 앞에 꼿꼿이 서 있었다.

제단의 제일 위쪽에는 그 셋을 내려다보는 오크가 있었으니, 바로 이들의 족장 칸타르였다.

같은 종족임이 맞기는 한 건지 칸타르는 보통의 오크들보다 키와 덩치가 최소 2배는 넘어 보였다.

놈이 풍기는 위압감에 세 사람 모두 자신들이 인간이라는 걸 망각이라도 한 듯 주눅이 들어 있었다.

"취익, 카루델 겔라(무장을 해제하라)."

땅이 울릴 듯한 칸타르의 호령에 세 사람의 주위에 있던 오크들이 행동을 서둘렀다.

율카스는 제 애검과 와룡반점에서 가져와 등에 멘 가방을 내려야 했고, 데몬은 지팡이를 놓아야 했다.

뿐만 아니라 동칠도 어렵게 모은 조개들이 든 봇짐을 내려놓았다.

봇짐을 푸는 것은 어렵지 않았으나 가방이 문제였다.

놈들은 가방을 열기 위해 손가락으로 머리를 긁적여 가며 고민하다가 어쩌지 못하고 결국 우악스럽게 찢었다.

가방이 찢어지는 것에 마음이 아플 만도 하건만 동칠은 크게 개의치 않았다. 저건 삼식의 가방이기 때문이다.

오크와의 협상 • 287

안에 든 내용물들과 율카스의 검, 그리고 데몬의 지팡이는 오크들에 의해 제단 위에 있는 칸타르에게 올려졌다.

 우선 칸타르는 동칠이 해안가에서 주어온 조개들을 보더니 험하게 인상을 구겼다.

 "취익, 크르 타타 크룽가 투토(감히 우리 것을 허락도 없이)."

 동칠이 그 표정을 살피며 데몬에게 물었다.

 "뭐라 그러는 거예요?"

 "자신들의 식량을 말도 없이 가져갔답니다."

 제단 위에는 칸타르뿐만 아니라 동칠 일행을 이곳으로 데려온 늙은 오크 소장로도 있었다.

 소장로는 칸타르의 귀에 대고 낮게 속삭였고, 얘기를 전해 들은 칸타르는 이어지는 그의 손짓에 따라 데몬을 주시했다.

 곧 데몬을 향해 칸타르의 목소리가 크게 터져 나왔다.

 "휴메, 차라 크왈라 크룬멜(인간, 우리말을 할 줄 아는가)?"

 데몬이 답했다.

 "샤차(그렇소)."

 칸타르는 대견하다는 듯이 데몬을 바라보았는데, 그 시선 속에는 약간의 호의가 깃들어 있었다. 자신들의 언어를 할 줄 안다는 데서 비롯된 것이었다.

칸타르는 격양된 음성 대신 다소 누그러진 음성으로 말을 이었다.

하지만 말 속에는 여전히 적대감이 녹아 있었다.

"키아르 타타 휴메. 칸타르 바봉야 둔키 치르카 두 카르와 라 가우가 다이달(너희는 우리 동족을 다치게 했다. 내가 동족들에게 너희의 처리를 묻는다면 모두가 죽여 달라고 할 것이다)."

"류비돈 파파(그건 정당방위였소)."

칸타르는 당장에라도 데몬을 잡아먹을 듯이 눈을 치떴다가 분을 못 이겨 이를 갈고, 또 언성을 높이고를 반복했다.

두서없는 오크말을 계속해 듣자니 동칠은 머리가 다 지끈거렸다.

'참 내, 뭔 말이 저래?'

새삼 동칠은 자신에게 한글이라는 쉬운 우리말을 남겨 주신 세종대왕께 감사함을 느꼈다.

설전은 한참 동안 벌어졌다.

그러나 데몬의 말발에 눌리고 있는지 칸타르의 얼굴은 점차 붉어졌다.

그에게 잘못이 있다면 말이 통한다는 이유로 데몬에게 논리를 들고 나온 것이다.

그것도 잠시, 그는 관심사를 딴 데로 돌리며 조개를 주어 들었다.

이제는 조개 가지고 옥신각신할 모양이다.

칸타르는 계속해서 말했고, 데몬도 손짓발짓 섞어가며 그와의 대화에 임했다.

중간 중간 그는 동칠에게도 사정을 알렸다.

"조개를 가져가는 건 허락해줄 수 없답니다. 여기는 자신들의 땅이기 때문이랍니다. 가져가려거든 저희 일행 중 한 명의 목숨이라도 내놓으라고 합니다."

있을 수 없는 얘기였다.

암만 짬뽕 만드는 게 중요하다 한들 어찌 인간의 목숨과 바꿀 수 있겠는가!

동칠은 칸타르의 야만적인 언행을 전해듣고 확 인상을 구겼다.

그러자 중간 입장에서 난처해진 건 데몬이었다.

해츨링일지 모르는 자의 기분을 상하게 할 수도 없고, 오크 족장의 말을 거스를 수도 없다.

되도록 데몬은 둘 다 얻어갈 수 있는 방향을 모색해봐야 했다.

그러다 꺼낸 것이 장기 자랑이었다.

"가뎀 푸룬첼 피노 아사룬. 체이 라 테푼(내가 마법으로 재미있는 걸 보여 줄 수 있소. 대신 조개를 가져가면)."

그 제안을 칸타르는 완강히 거절했다.

"와르 카카(필요 없다)!"

인간들의 마법에는 일절 흥미가 없었던 것이다.

그는 오히려 율카스의 가방에서 나온 물건들에 흥미를 보이고 있었다.

그러다 본 것이 말린 고기들과 시커먼 자장 양념이었다.

율카스는 출출할 때 말린 고기들을 자장 양념에 찍어먹으려 했던 것이다.

양념이 담긴 플라스틱 용기를 이리저리 흔들어보던 칸타르는 답답함을 참지 못해 용기를 바숴버렸다.

파작.

플라스틱 껍질들이 떨어지고, 두툼한 손 사이로 끈적거리는 액체가 흘러내린다.

강렬한 향에 이끌려 칸타르는 코를 가까이 가져다대었다. 그러자 저도 모르게 혀가 입술을 비집고 빠져나와 양념을 핥았다.

그걸 보는 율카스의 표정은 좋지 않았다.

안 그래도 자장이라면 사족을 못 쓰는 율카스인데, 저 녀석이 자신의 맛있는 자장을 빼앗아 먹고 있지 않은가!

급작스레 칸타르의 눈이 치떠지더니 그 입에서 어찌할 수 없는 탄성이 터졌다.

"키칸(맛있다)!"

칸타르가 결정을 뒤바꾸는 데는 그로부터 수초도 걸리지 않았다.

"라단베 크루. 크루 카이가 테푼 라 체이(이걸 가져와라. 이걸 가져오면 조개를 주겠다)."

　예상치도 못한 결과였다. 그런 협상이 이루어질 줄은 차마 몰랐었다.
　더구나 이런 일이 한두 번도 아닌지라 당사자인 동칠은 어처구니가 없었다.
　'참 내, 자장면 못 먹어 죽은 귀신들이 씌었나? 이 세계는 대체 왜 이래? 인간들은 그렇다 쳐도 동물이나 이상한 종족까지 다 저 모양이네.'
　그래도 자장면 양념과 맞바꿔온 조개들을 보니 마음이 흡족해졌다.
　"뭐, 물물교환도 나쁘진 않지."
　자장을 공수해오기 위해 와룡반점까지 왔다 갔다 한 것이 불만이긴 했지만, 그토록 원하던 조개를 얻었으니 되었다.

칸타르는 그 자장이 동칠이 만든 것이라는 걸 데몬을 통해 들었기에 절대 그를 죽일 수 없었다.

자신의 즐거움을 위해서라면 거래는 주기적으로 계속되어야 했으니 말이다.

동칠이 흐뭇해하는 것을 보고 데몬은 율카스가 심부름을 간 사이 그에게 진지하게 물었다.

"당신은 인간이 맞습니까?"

얼렁뚱땅한 질문이지만 동칠은 대답을 꺼리지 않았다.

"그럼요. 당연히 인간이죠."

"그럼 아까 행했던 힘은 무엇입니까?"

"행했던 힘이라뇨?"

"오크를 날려 버렸던……."

왜 그가 그런 질문을 던진 것인지 깨닫고는 동칠은 환히 웃으며 손을 뻗었다.

"아, 이거요?"

그러자 네모난 나무 상자가 누가 힘을 가한 것처럼 앞으로 죽 밀려갔다.

유심히 보았지만 동칠은 말 외에는 입술을 움직이지 않았다. 말인즉슨 용언 마법도 아니라는 뜻이다.

그제야 걷잡을 수 없던 오해는 풀렸지만, 데몬은 아직 동칠의 힘에 대해 자세히 짚지 못했다.

"당신은 바람을 움직일 수 있는 겁니까?"

"글쎄요. 바람이 일어나는 건 아닌 것 같은데……."

동칠도 매한가지였다. 자신의 힘의 원천을 아직 깨닫지 못한 것이다.

직감과 느낌만으로 키워온 힘이다.

데몬이 동칠의 얼굴 겉면에 드러난 표정을 읽어보아도 거짓이란 담겨 있지 않았다.

"그럼 그 힘이 어디에 원천을 두고 있는 겁니까?"

"원천이요? 그런 것도 잘 모르겠는데……."

뭐 하나 제대로 답하지 못해 멋쩍은 나머지 동칠은 뒤통수를 벅벅 긁었다.

그러다 문득 그의 눈초리가 한 곳을 향하며 매서워졌다.

데몬이 그 시선을 좇았는데, 행상인들에게 행패를 부리고 있는 무리들이 보였다.

"엎어버려!"

항의하는 행상인들에게 그들은 되먹지도 않은 원칙을 앞세우는 중이었다.

"아니, 우리가 뭘 잘못했다고 이러십니까?"

"우리한테 허가를 안 받았잖아!"

동칠의 분노는 행패를 부리고 있는 무리들에게라기보다 뒤돌아 서 있는 검은 머리카락의 사내, 즉 삼식의 뒤통수에 맞춰져 있었다.

동칠이 분노를 담은 발걸음을 뚜벅뚜벅 옮겨 가자 데몬도 칸타르로부터 돌려받았던 지팡이를 들고 얼결에 따라붙었다.

삼식 외에 산적 셋!

삼식이 넷이었던 산적을 3명으로 줄인 데는 이 마을의 누구도 자신에게 반기를 들지 않았다는 점을 감안해서다. 이 시장은 자신의 손바닥 안이라는 자신감의 표상인 것이다.

그야말로 삼식 천하였다.

이때까지도 삼식은 자신에게 돌팔매질을 하는 이가 생기리라고는 꿈에도 생각지 못했다.

느닷없이 날아온 조막만 한 돌멩이 하나가 삼식의 뒤통수를 때리고는 바닥으로 툭 떨어졌다. 그사이 타격음에 이어 삼식의 신음 소리가 흘러나왔다.

딱!

"아."

'아!' 도 아니고 '아.' 다.

아픈 것도 무릅쓰고 신음 소리를 내리깔았다는 건 상당한 불쾌감의 표출이었다.

돌멩이를 던진 녀석이 누굴까에 대해 어렴풋이 짐작은 갔다. 전에도 한 꼬맹이가 겁도 없이 이런 적이 있었기 때문이다.

상처 입은 자신의 고귀한 뒤통수를 어루만지며 삼식은 무례한 행동을 범한 녀석을 향해 천천히 돌아섰다.

그러나 오늘 돌멩이를 던진 사람은 꼬맹이 따위가 아니었다.

감히 오삼식 님께 무례를 범한 걸 엎드려 빌어야 정상일진대, 오히려 그는 삼식을 나무라고 있었다.

"삼식아, 너 형을 보면 인사를 해야지."

오싹!

삼식의 몸이 마치 그렇게 비명을 지른 것 같았다.

꿈에도 마주치기 싫어 도망쳤던 대상이 눈앞에 떡하니 서 있으니 별수 있으랴.

천적 동칠을 앞에 두고 있어서인지 삼식은 주변 상황도 잊고 손발이 오그라들었다.

"혀, 형."

삼식의 친위대는 두목과 시모에르 외에는 누구에게도 기죽지 않던 삼식이 왜 저런 반응을 보이는지 알지 못했다.

들은 건 있었지만, 원체 머리 회전이 늦은 그들이어서 추리도 늦은 탓이다.

무턱대고 껴들 자리도 아닌 듯해, 그들은 동칠과 삼식을 번갈아 바라볼 뿐이었다.

말로는 형이라 칭했지만 작금 삼식은 그를 악마라 여기고 있었다.

동칠이 무슨 재주가 있어 손에 닿지도 않는 집기들을 던지는 마술을 부리겠는가 말이다.

 삼식이 자신을 어떻게 생각하는지도 모르고 동칠은 예전 방식을 고수했다.

 "듣자하니, 삼식이 네가 식당 주인들을 모았다며? 와룡반점 같은 곳은 공공의 적이니 힘을 모아야 한다고."

 삼식은 황급히 양손을 내저었다.

 "아, 아니에요, 형. 잘못 들으신 거겠죠."

 "그래, 나도 잘못 들었으면 했는데 지켜보니 그 사람 말이 맞는 것 같더라고."

 "제가 무슨 배짱으로……. 뭐, 뭔가 오해가 있으시겠죠."

 대답에 착오가 있었을까?

 여태 삼식의 말을 넉살좋게 받아주던 동칠의 표정이 굳어지며 눈썹이 일시에 뒤틀려졌다.

 "오해?"

 "저, 정말이에요. 제가 어떻게 형이 하시는 가게를 노릴 수 있겠어요."

 "아하, 그럴 생각이 있긴 했구나?"

 "아니라니까요. 정말!"

 억지로 몰아붙이니 삼식의 언성이 커지고 말았고, 그게 또 빌미가 되었다.

 "어쭈? 지금 너 형한테 화내는 거냐?"

 "아, 아니에요. 그냥 답답해서."

"답답해? 너 지금 형이 답답하다는 얘기냐?"

한 번 꼬투리를 잡기 시작하니 한도 끝도 없다. 동칠의 얼굴에 용서라는 단어는 없었다.

'그렇다고 화를 못 이겨 대들었다가는…….'

잠시 삼식의 머리에 머무른 생각. 삼식은 그 생각을 넓게 펼쳐 보았다.

'가만, 내 부하가 셋이나 있잖아. 그때는 나 혼자 있을 때 맞은 거 아냐.'

지금까지 삼식이 모르고 있는 일이 하나 있었다. 바로 시모에르가 어쌔신을 고용했다는 그 부분이었다.

그녀는 삼식이 이따금씩 꺼낸 얘기 때문에 이를 비밀리에 진행했었다. 아무리 삼식이 동칠을 미워한다고 해도 그를 죽이는 걸 찬성하진 않을 것 같아서였다.

자연히 청부가 수포로 돌아간 일 또한 알리지 않았다.

그것이 지금 삼식에게 또 한 번의 머저리 같은 일을 자행하게 만들고 있었다.

'이제 와서 생각해보니 물건을 날린다고 해도 대개가 가벼운 것들이었다. 내 부하들이 그 정도도 못 견디지는 않을 것!'

내면에서 공포심을 걷은 후라 삼식의 눈이 부릅떠졌다.

"이젠 대꾸도 안 하네."

동칠의 말을 계속해서 묵살한 채 그는 주변을 살폈다.

동칠 옆에 지팡이를 든 자가 있긴 하지만, 삐쩍 말라 허우대도 멀쩡하지 않아 보이는 것이 위협이 될 소지는 없어 보였다.

또한 근방에 예리한 물건도 없다.

자신이 말하는데도 계속 씹어 먹는 삼식에게 동칠은 화가 머리끝까지 뻗쳤다.

그에 맞불이라도 놓으려는지 삼식이 꼭 전처럼 산적들 뒤로 빠지며 소리쳤다.

"밟아버려!"

갑작스레 떨어진 명령에 산적들은 잠시 어리둥절했다.

바로 그때, 동칠이 엄지와 검지를 편 손바닥을 허공에 뻗었다.

"컥."

순간, 삼식은 목이 졸리는 느낌을 받았다.

동칠이 뻗은 손을 서서히 쳐드니 삼식의 두 발이 거짓말처럼 허공으로 떠올랐다.

산적들은 삼식이 허공에 매달려 있는 게 이해하기가 힘들었던지 눈을 씻듯이 비볐다.

그러는 동안에도 삼식은 제 목을 부여잡고 호흡곤란을 호소했다.

"큭, 크윽……."

고통스러워 죽겠는데 멍청한 산적 놈들은 왜 저러고 있는 건지, 삼식은 답답하기만 했다.

"어… 어서……."

다행히 산적들이 아주 눈치가 없지는 않았다.

첫 번째로 깨달은 산적이 괴성을 지르며 동칠에게 달려들었다.

"이야아아아!"

솥뚜껑만 한 주먹은 이미 쥐어졌으니 이제 대여섯 발쯤 더 뛰어 그의 면상에 내지르기만 하면 된다.

그러나 동칠의 야멸친 눈초리가 그에게 파고듦과 동시에 이질적인 기운이 산적의 몸을 휘감았다.

'뭐, 뭐지?'

동료들보다 앞서 대든 그는 깨달을 새도 없었다.

동칠은 삼식을 붙들고 있는 손이 아닌 다른 손으로 그를 지목하고서 성가시다는 듯 휘둘렀다.

파팟.

그에 옅은 파공음을 따라 거구의 덩치가 둥실 떠오르나 싶더니 무서운 속도로 내동댕이쳐졌다.

와자작!

그 바람에 산적의 몸무게를 지탱하지 못하고 궤짝이 다 바스러져 버렸다.

동칠 자신도 조금 놀란 나머지 진중한 눈으로 자신의 손바닥을 펼쳐 살폈다.

그사이 두 번째 산적이 맹렬한 기세로 달려들고 있었다.

동칠은 이번에는 반대편으로 팔을 휘둘렀다.

산적에게 불행한 것은 동칠의 팔에 흥분이 실린 나머지 더한 염력이 실렸다는 점이다.

그래서인지 그 산적이 날아가는 속도는 방금 전과 비교할 게 못 되었다.

콰차창!

그의 몸은 옆 상점의 유리를 부수고 안으로 깊숙이 처박혔다.

그러자 상점 주인이 기겁을 해서 뛰쳐나왔다.

하지만 그는 살벌한 분위기에 짓눌려 항의도, 부탁도 할 수 없었다.

동료들이 원인 모르게 내던져졌다.

궤짝에 던져진 동료는 입에 게거품을 물고 있으며, 유리를 깨며 들어간 동료는 상태조차 확인할 수가 없다.

마지막 남은 산적은 급기야 두려움을 느끼기 시작했고, 그 두려움은 삽시에 공포로 뒤바뀌었다.

하지만 그는 삼식의 눈치를 살필 필요가 없었다. 삼식의 눈이 뒤집어지며 흰자위만 드러났기 때문이다.

기어코 동칠의 살기 어린 눈이 자신을 향하고 있다는 걸 느끼자, 그는 당장에 몸을 돌려 줄행랑을 쳤다.

"사, 살려 줘……."

동칠은 내빼는 삼식의 패거리를 잡을 생각은 없었다. 애초의 목표가 삼식이었기에.

그 삼식은 허공에서 몸을 파들파들 떨고 있었다. 이미 기절한 것이다.

동칠은 그제야 삼식을 붙들었던 손을 거두어들였다.

털썩.

축 늘어진 삼식은 힘없이 떨어졌다.

그러자 질겁한 건 옆쪽에 있던 데몬이었다.

아까만 해도 동칠은 스스로를 대수롭지 않다는 듯 얘기했었다.

그때까진 믿었다.

순진한 낯을 바꿔 이런 참상을 벌이기 전까지는······.

원인 없는 결과란 없다고 했던가? 데몬은 동칠을 대하는 시선이 굉장히 조심스러워질 수밖에 없었다.

평소엔 온화하던 그가 단시간에 벌인 일을 보라.

이 참상을 보고 누가 그를 착하다 할 수 있을 것이며, 가벼이 대할 수 있겠는가.

무엇보다 원인 모를 저 가공할 힘!

저 힘은 마법이나 검술보다 무서울 수 있었다.

'내 이 사람과 척을 지지 않기를 잘했다. 인연을 계기로 앞으로 동칠과의 사이를 더욱 돈독히 해야겠다.'

데몬이 동칠에게 이끌리는 건 비단 염력 때문만은 아니었다. 힘을 가졌음에도 익을수록 고개를 숙이는 벼처럼 자신을 낮출 줄 아는 동칠의 모습이 썩 마음에 들었기 때문이다.

※ ※ ※

 데몬은 바로 보았다.
 그런 일을 행했음에도 동칠은 달라진 면모를 보이지 않았던 것이다.
 힘을 가진 자는 대개 으스대기 마련인데, 동칠은 타인을 깔보거나 업신여기지 않는다.
 오히려 그 반대랄까?
 그가 봤던 동칠은 손님들이나 타인들에게 허리를 숙이는 걸 창피하게 여기지 않았다.
 서비스 정신이 몸에 배인 탓인데, 그걸 모르는 데몬은 동칠이 강자임에도 자신을 낮출 줄 아는 훌륭한 인성의 소유자라 판단하고 말았다.
 그래서인지 데몬의 고개가 수그러졌다.
 "당신이 너무 숙이니 나도 내 자랑을 못하겠소."
 어렵게 꺼낸 말에 동칠이 물었다.
 "뭘 숙여요?"
 "힘을 가졌음에도 당신 자신을 과시하거나 남을 깔아보지 않잖소."

그가 하는 말의 요지는 알아차렸으나, 이제 막 자신이 가진 힘을 깨달았다 한들 동칠 입장에서는 그럴 수밖에 없다.

자신은 장사꾼이지, 싸움꾼이 아니다.

대부분의 사람들을 손님으로 맞아들이는 입장이니 그럴 수밖에.

어쩌면 오랫동안 와룡반점에서 일을 하며 서비스 정신이 철저히 몸에 밴 탓일지도 몰랐다.

데몬의 말이 너무 엇나간다 싶었기에 동칠은 피식 웃었다.

그러다 동칠은 데몬의 옆에 놓인 굴 소스를 가리키며 청했다.

"거기 그것 좀 집어줄래요?"

곧 있으면 영업이 시작된다.

오늘은 처음으로 짬뽕을 개시할 계획이었다.

여기로 온 이래, 해산물이 쉬어버려 굴 소스와 두반장은 상당량이 남아 있었다.

후에 그것들을 구하는 게 또 문제가 될 수 있어도, 있는 재료들을 썩힐 순 없었기에 동칠은 되는 데까지 팔기로 마음을 먹은 것이다.

막 굴 소스를 전해준 뒤 데몬은 마뜩찮은 눈초리를 느꼈다. 바로 주방 입구에 서 있는 가르데일 공에게서였다.

동칠의 기사들의 설명이 아니었더라도 그는 일찌감치 가르데일과 안면이 있었다.

하여, 데몬은 그에게 높임말을 아끼지 않았다.

"왜, 들어오시지 않고요."

"아닐세."

아니라고는 하고 있지만 목소리의 높낮이로 비춰볼 땐 마치 화를 내는 듯하다.

또한 눈길도 이상하다. 꼭 질투와 시샘이 담겨 보이는 것이 말이다.

데몬은 정작 가르데일이 신경을 쓰고 있는 사람이 자신이 아니라는 걸 알아차렸는지 동칠을 빤히 쳐다보았다.

그러나 동칠은 뒤쪽에 관심이 없었다.

화르륵!

그가 요리를 하기 위해 손을 뻗었을 때 불길이 치솟았고, 데몬은 그로 인해 경악해야만 했다.

'매, 맨손으로 불을 일으켜……?'

그의 머릿속에서 가르데일이라는 사람은 까맣게 지워졌다. 이 납득 불가능한 상황으로 인해 혼란에 빠졌기 때문이다.

그 자신이 마법사이기에 더 잘 알았다.

영창 없이, 그것도 맨손으로 불을 일으키는 건 불가하다. 하다못해 1서클의 파이어볼을 위해서도 주문 영창은 꼭 필요하다.

이런 일이 가능하다는 건 해박한 자신의 마법 지식을 송두

리째 뒤흔드는 일이었다.

비단 자신에 국한되는 일이 아니리라.

'내가 아는 모든 마법사들이라고 이 상황을 설명할 수 있을까?'

돌처럼 굳어버린 데몬과 자신의 주인에게 들어오라는 소리라도 들으려 주방을 기웃거리는 가르데일을 번갈아 바라보면서 만드라고라는 양파만 깠다.

※　※　※

"무, 물!"

물을 찾는 손님이 넘쳐 났다.

보덴은 물론 율카스마저 비어진 컵에 물을 따르기 바빴다.

물병을 가져다놓아도 될 것을 그렇게 하지 않은 건, 손님들에 대한 동칠의 배려가 있어서였다.

그래도 비싼 돈 주고 짬뽕을 시켰는데 물배를 채우게 만들 순 없는 노릇이 아닌가!

생전 처음 맛보는 매움에 손님들은 눈물을 흘렸고, 훌쩍거렸다.

그러면서도 테이블 위에 놓인 짬뽕을 포기하는 손님은 단 한 명도 없었다.

날이 갈수록 짬뽕을 찾는 사람들이 많아졌다.

소문은 멀리도 퍼져 나갔고, 가진 자들은 이동 비용을 만만찮게 써가면서 와룡반점을 찾았다.

 그렇게 손님들이 짬뽕 맛에 길들여져 갈 무렵, 영업이 끝나갈 시각에 한 봉사가 찾아왔다.

 그는 손녀의 인도로 테이블에 앉고 주문도 손녀에게 맡겼다.

 "짬뽕이랑 자장면 주세요."

 담백한 맛은 손녀 자신을 위한 것이었고, 매운 맛은 할아버지인 봉사를 위한 것이었다.

 곧이어 음식이 테이블 위에 대령되었다.

 와본 적이 있는지 손녀는 할아버지에게 젓가락 잡는 법부터 세세히 설명해주었고, 봉사는 연신 고개를 끄덕였다.

 그 효심이 갸륵하고 참 보기 좋은 것이라 여럿의 눈들이 그들에게 팔렸다.

 그리고 봉사가 처음 면발을 입으로 가져갔을 때, 사람들은 자신들의 일처럼 흐뭇해했다.

 그렇게 시작된 식사!

 봉사는 비 오듯 땀을 흘리면서도 젓가락을 놓지 않았다.

 물도 먹지 않고 미친 듯이 면발을 먹어대는 그를 보며 손녀는 자신의 식사도 제쳐 둔 채 조개껍질을 골라내고 알만 따로 내어주었다.

 봉사, 기어이 그는 짬뽕을 훌훌 둘러 마시기 시작했다.

땀을 흘리다 못해 얼굴에서 김을 뿜어내며, 옷은 전신에서 흐른 땀으로 범벅이 되었다.

마침내 그릇을 비웠을 때, 그는 번쩍 눈을 떴다.

그 이야기는 전설이 되어 널리 퍼져 나갔다.

일각에서는 말도 안 되는 소리다, 봉사의 병증이 약한 것 아니었냐 등 분분히 말이 많았다.

그러나 유독 그게 진실임을 설파하고 다니는 이들이 있었다.

그들은 그 일화뿐만이 아닌 더 많은 일화들을 소개하며 동칠을 신격화시키고, 그를 추종하는 자신들을 동칠교라 명명했다.

올해 나이 마흔다섯.

동준의 나이다.

부모로부터 변변히 물려받은 재산도 없는 그가 안국동 내에 위치한 와룡반점의 사장이 된 건 갖은 험한 일들을 마다 않고 고생고생하며 살아온 덕이었다.

남들이 짠돌이라 욕할 때 그는 뒤에서 코웃음을 쳤다.

'흥, 나중에 두고 보자.'

비록 친구들과 밥을 먹고 술을 마시더라도 계산할 때만 쏙 빠져 참 얍삽한 놈이라는 얘기를 많이 들었어도 그는 후회하지 않았다.

그럴수록 펀드와 통장에 한 푼, 두 푼 잔고가 쌓여 갔기 때문이다.

 그렇게 독하게 무려 15년을 살았다.

 애초에 뚜렷한 목표를 세우지 않고서는 해내지 못할 일이었다.

 그럼에도 불구하고 약 7년 전 가게를 차릴 때만 해도 동준은 대출을 받아야만 했다. 목이 좋은 동네다 보니 들어가는 돈이 적지 않았던 탓이다.

 그렇게 해서 자신이 사장이 되었을 때, 주로 술을 샀던 현태는 무일푼이었다.

 '당시엔 폼이나 잡고 좋았지, 이놈.'

 현태가 무슨 일이라도 하겠다고 자신을 찾았을 때, 동준은 속으로 그렇게 꾸짖었다. 그래도 친구의 부탁을 외면할 순 없어 그에게 일을 주었다.

 별다른 고생 않고 살아온 현태에게 철가방부터 시작해 서빙 등 밑바닥 인생을 살게끔 한 것이다.

 결국 현태는 얼마 못 가 도망을 치고 말았다. 그리고 동준은 그런 현태를 붙들 생각이 없었다.

 과거는 과거요, 현재는 현재다.

 어린 친구들에게 일을 시키면 그만큼 월급을 챙겨 주지 않아도 된다.

 옛정을 생각해 보통 직원들보다 매달 30만 원씩 더 챙겨 주었던 게 그는 그렇게도 아까웠던 것이다.

세상은 독한 자에게 이롭다 했던가? 꼭 동준이 그러했다.

적게는 5백만 원에서 많게는 1천만 원까지……

종업원들 월급에 재료비, 전기세, 수도세, 가스비 등을 제하고 그가 순이익으로 거둬들이는 돈이었다.

그러나 좋은 세월은 잠깐이었다.

와룡반점이 잘된다는 얘기를 들었는지 20미터 후방에 중국집 한 개가 더 들어섰고, 그로부터 1년이 지나지 않아 근방에 또 한 개가 들어섰다.

화가 치밀어 다른 곳으로 옮겨 볼까도 생각해보았지만 쉽지 않은 일이었다.

대한민국에 중국집은 포화 상태였고, 혹 운이 좋아 괜찮은 자리를 찾는다 하더라도 새로 기반을 마련하는 데는 적잖은 시간과 비용이 소모될 것이었기 때문이다.

동준은 차라리 그 돈으로 가게에 투자를 하기로 했다.

기존의 주방장을 잘라버리고 더 많은 돈을 줘가며 유능한 주방장을 영입했다.

또한 설비 투자에도 돈을 들인 덕에 가게를 찾는 손님도 많아졌다.

그러나 손님이 많아지고 매출이 늘어났다고 좋아할 건 못되었다. 주방장이 일이 고되다는 핑계를 들어 주방 보조를 찾았던 것이다.

인근에서 스카우트 제의가 들어왔다는 주방장의 말을 묵

살할 순 없는 노릇이었다.

 결국 동준은 자주 말썽을 피워 골칫덩이였던 철가방 동칠을 주방 보조로 옮겼다.

 자연히 새로운 철가방을 뽑아야 했다.

 그렇게 해서 생활 정보지에 광고를 올린 바로 다음 날, 삼식이라는 놈이 면접을 보러 왔다.

 삼식은 경험은 적지만 시켜만 주면 뭐든지 열심히 해보겠다는 열성을 보였고, 동준은 그게 마음에 들어 그를 고용했다.

 어쨌건 졸지에 사람을 한 명 더 쓰게 되었으니 지출도 늘어났다.

 와룡반점 이후 들어섰던 황궁반점에 손님이 줄어 경영난에 허덕인다는 얘기를 듣고 동준은 더 많은 돈을 투자, 내부 인테리어까지 바꿨다.

 그러나 황궁반점은 곱게 물러나진 않았다. 다른 주인에게 황궁반점을 싼값에 인수해준 것이다.

 끔찍한 상황에 매일 진저리를 치면서도 동준은 물러날 수 없었다.

 손님들을 위한 최상의 서비스와 혁신적인 쿠폰 개발에 나섰고, 드디어 어제 그 효과를 보았다.

 안국동에 위치한 모든 중국집들 중 매출 1위를 달성하고야만 것이다.

 오래 인내하고 계획한 일들이 결실을 맺는 것 같아 동준의 기분은 하늘로 치솟을 수밖에 없었다.

마누라한테 평소에는 잘 하지도 않던 뽀뽀까지 하고 나왔던 터였다.

배달이 너무 많았던 탓에 철가방 삼식이가 힘든 건 아닌지 걱정이 되었다.

벌써 3년이나 된 베테랑 녀석이지만, 혹여나 말도 없이 그만둬버리면 난처해진다.

'이참에 오토바이를 새 걸로 바꿔줄까?'

큰돈이 들지 않는 일이었다.

장사가 잘되어 나중에 철가방을 하나 더 쓰게 될 날이 올는지도 모르고, 삼식이한테 생색도 낼 수 있을 것이다.

그리 결심을 굳히고는 시계를 보았다.

10시가 다 되었다.

와룡반점의 식구들을 머릿속에 떠올리며 동준은 일터이자 자신의 가게로 들뜬 걸음을 옮겨 갔다.

"오늘도 어제 매상만큼만 해라."

그렇게 다다른 곳엔 없었다.

있어야 할 게 없고, 빈터뿐이었다.

반평생을 일궈 이뤄온 와룡반점이 감쪽같이 사라진 것이다.

꼭 이상함을 느낀 건 자신만은 아니었던지, 근처 세탁소 주인과 슈퍼 아주머니가 호들갑을 떨어대고 있었다.

"서 씨, 어떻게 된 거야?"

동준은 질문 따위에 대답할 여유가 없었다.

눈알이 퉁퉁 붓도록 비비고 또 비볐지만 눈앞의 광경은 조금도 변하지 않았다.

털썩!

좌절감에 휩싸여 동준은 그 자리에 무릎을 꿇었다.

모든 게 한순간에 무너졌다.

이 상황을 타개해보려 그의 뇌는 바삐 사고를 했다.

'어떤 놈들이 앙심을 품고 내 가게를… 아냐, 부숴서 치웠을 리는 없다. 몇 시간 안에 그런 게 가능할 리가……. 경찰서에 신고를 해야 하나? 소방서? 이거 보험 처리는 되는 거야? 내가 꿈을 꾸고 있는 거겠지?'

망연자실해 있는 그에게 주변을 배회하던 주방장이 다가왔다.

"아니, 사장님, 전화를 몇 통을 드렸는데……."

동준은 어제 입었던 바지 주머니 속에 핸드폰이 있음을 떠올리지도 못했다.

머리가 멍해진 상태에서 무슨 사고가 이루어지겠는가.

자연히 그에게는 이 시간까지 출근을 하지 않은 동칠과 삼식을 닦달할 여유도, 걱정할 여유도 없었다.

2권에 계속

www.mayabook.co.kr

www.mayabook.co.kr

www.mayabook.co.kr